Christine Kohler
Jedesmal Rose vom Märit

Umschlagbild: Aquarell von Christine Widmer
Lektorat: Willi Schmid
Satz: Zytglogge Verlag Bern und Bonn
Druck: Franz Spiegel Buch GmbH Ulm
ISBN 3-7296-0358-2

Zytglogge Verlag Bern, Eigerweg 16, CH-3073 Gümligen
Zytglogge Verlag Bonn, Cäsariusstrasse 18, D-5300 Bonn 2
Zytglogge Verlag Wien, Strozzigasse 14-16, A-1080 Wien

Christine Kohler

Jedesmal Rose vom Märit

Roman

Zytglogge

Aacho

Hie mues es sy. No einisch studiert si ds Pländli. Lätz gfahre isch si niene, u glych isch si itz usicher. Nach de Bilder wär's luftig u vil höcher, aber di wyssi Wand hinder dene Strüücher isch so breit, so heblig. Es niders Dach, es vergitterets Fänschter, en eichigi Hustür, richtig wi ne Feschtig. Es isch scho fyschter, nienen es Liecht, si cha nid emal frage.
Klar isch niemer ume, es sy ja luter Feriehüser, der ganz Hoger voll, das het si würklech vorhär gwüsst. Mitts im Winter geit doch keine da abe, ohni är heig e Blätz ab.
So, Frou Elisabeth Charlotte Günther-Grossebacher, itz hättisch's also erzwängt. 800 Kilometer lige zwüsche dir u dym Problem, u was machisch? Du hokkisch wi ne Lättoggel im Outo, gütterlisch vor di häre u stierisch Löcher ine frömdi Huswand. Was Löcher, dumme Chabis, di schwarze Fläcke sy gar keini Löcher, das sy doch Buechstabe! ISABELLE list si. Also doch richtig. So het em Herr Wäber sy Frou gheisse, und so heisst ou das Hüsli, wo si sech zämegraggeret hei für ihri alte Tage. D Isabelle Wäber het kei Alterssitz meh nötig, vor vierne Jahr isch si ine Boum gfahre. Uus. Fertig. Är chunnt sider nümm vil abe, het's no nid verwärchet.
D Lilo löscht afe d Schynwärfer, d Batterie mues ja nid

unbedingt grad z Bode. Das wär der Clou vo der ganzen Expedition, muuseleini danide, u dä blöd Chare springt nümm aa!

Si nuuschet nach de Schlüssle u stygt uus. Aber nach paarne Schritte blybt si stah. Öppis flamatzget hinder däm Fänschter, e Taschelampe? Spilt si da imene Fernsehkrimer mit? Es wärdi vil ybroche, seit der Herr Wäber. Aber e Taschelampe isch das nid, es flackeret vil z närvös, ender e Flamme. No besser. E Füürsbrunscht zum Empfang! Churzschluss, Blitzschlag, Brandstiftig!

Mit waggelige Chnöi geit si neecher, preicht fasch ds Schlüsselloch nid. Mi sött nid uftue, we's brönnt, dänkt si. Ds Härz chlopfet im Hals obe, wo si süferli d Tür ufstosst, gfasst uf ne Schwall vo Gluet u Hitz. Nüt settigs. E fründtlechi Wermi chunnt eren etgäge, d Stubetür isch wyt offe, im Cheminée brönnt es heimeligs Füürli.

Unglöibig schüttlet si der Chopf. Nenei, das isch nämlech gar nid wahr! Es schmöckt nach Blueme u früsche Gipfeli. Alls i den Ouge Rybe u i Arm Chlemme treit nüt ab, es isch weder e Troum no ne Fata Morgana: Der Tisch isch deckt für ei Pärson, Chäs u Anke u Hungg stö zwäg, und imene Thermoschrueg het's heisse Gaffee. Dernäbe zündtet ire Vase e Mimosestruuss.

E Zytlang steit d Lilo eifach so da u lat di Atmosphären uf sech würke. Aber itz macht si kehrt u geit wider use. Ds Outo steit no halb uf der Strass, und usglade

isch ou no nüt. Si het sech für ne lengere Ufenthalt ygrichtet u zimli vil Gepäck by sech. Das stellt si afen einisch alls i ds Schlafzimmer. Uspacke cha si de no lang. Dass ds breite Bett früsch aazogen isch u sogar e warmi Bettfläsche drinn, isch di nächschti Überraschig. Es wird ere langsam chly ungmüetlech. Vilicht wohnt da scho öpper, u der Herr Wäber weis nume nüt dervo? Derigs söll ja vorcho. Aber we sech hie würklech eine ygnischtet het, de sicher nid für lang. D Schäft sy läär, und im Bad het's weder Seife no Wäschblätz no Zahnbürschtli.
Si stellt no ds Outo zueche, bschliesst d Hustür u hänkt d Sicherheitschötti y. So, söll öpper probiere ynezcho, si isch dinn i der Burg.
U mit Fyschteri u Chelti blybt der Momänt ou alls andere dusse. Si ma nüt meh wüsse u nüt meh ghöre, u di nächschte hundert Jahr wott si ou kei Mönsch meh gseh.
Halbi nüni, 31. Dezämber, Südfrankrych. Einisch öppis anders, solo Silveschter z fyre, aber eigetlech nid übel. Mit Gnuss strycht si fingerdick Anken u Hungg uf d Gipfeli u läbt wohl am zarte Weichchäs, wo so sydig düre Hals abrütscht. Der Gaffee isch sogar gniessbar; si isch dert düre chly heikel, het ihri eigeti Margge mitgno. Chly öppis spart si no für morn. Si gloubt nid, dass am Nöijahr d Läden offe sy, u rächtzytig yzchoufe, het si natürlech vergässe. Di unbekannti Fee het e Fläsche Rote uf em Cheminéesims zwäggstellt, samt Glas u Zapfeziejer. Estandon, allwäg e Wy

us der Gäged. Dä tuet si uuf u proschtet sech sälber zue: Gsundheit, Elisabeth Charlotte, uf di und uf dy Courage! Du imponiersch mer!
U nächär blaaschtet si im Schoukelstuel, streckt d Füess gäge ds Füür u lat sech gfangenäh vo der gspässige Stimmig. Es isch alls so unwürklech, nüt gryfbar, alls schwümmt echly, si sälber ou. Aber es isch keis unaagnähms Gfüel, si trybt imene unbegränzte Ruum vo säItsamen Empfindigen u undütleche Gedanke. Im Hinderchopf gspürt si's, di nackte Tatsache wärde se churzum wider yhole, aber im Ougeblick isch's ere glych. Si het e Vorsprung, isch so schnäll druus u dänne, dass si ihri Situation no gar nid het chönnen überdänke. Si chunnt sech fasch vor wi dä alt Indianer, wo zum erschte Mal mit em Zug gfahren isch. Nach der rasende Fahrt isch er i ds Gras ghocket u kei Schritt meh fürers. Är mües uf sy Seel warte, die heig nid nachemöge.
Si isch fasch z müed für undere. Mängisch leit si e Chnorz uf d Gluet, schlücklet am Wy, dämmeret vor sech häre u wartet uf ihri Seel.
Ds Chlopfen am andere Morge bout si zersch ohni Schwirigkeite i ihre Troum y. Der Rolf steit mit em Rügge zure feschte, wysse Muur. Trotz der offesichtleche Dicki isch si fasch durchsichtig. Änedranne isch es wunderschön, d Lilo chönnt nume dürespaziere, we me se lies. Aber Händ mit Seili, Hääggen u Zange halte se zrugg, un är steit wi ne Hofmarschall im Wääg, chlopfet mit eme länge Stab a Bode u rüeft mit

hohler Stimm: Kein Zutritt für Unbefugte! Mit Händ u Füess wehrt si sech gäge di Fessle, schlat dry u sperzt – d Muur verschwindet, är vergeit, nume di regelmässige Schleg vom Stäcke blybe. Langsam toucht si uuf i di würklechi Wält, verfolget vo däm hartnäckige Topple. E Blick uf d Uhr – halbi elfi! Mit eim Schlag isch si wach, uuu, isch das e Chelti! Si isch nächti z bequem gsi, no nes Pyjama z sueche, und isch ohni öppis i ds wohlig aagwärmte Bett gschloffe.
Es chlopfet. Si schlotteret wi ne nasse Hund u fischet Morgerock u Pantoffle us der grosse Gofere.
Es chlopfet wider. Das isch itz wahrschynlech dä, wo da wohnt, dänkt si. Wo het ächt dä di Nacht pfuuset? Es chlopfet gäng no. Ja ja, hesch sövel lang chönne warte, wirsch di halbi Minute ou no überstah. E Blick i Spiegel, es chönnt schlimmer sy. Das isch itz afen ei Vorteil vo ihrer nöie Buebefrisur: Früsch gstrããlt zum Bett uus! Si geit zur Tür u tuet e Spalt uuf. Halb u halb erwartet si e verwahrlosti, unheimlechi Erschynig, Mordluscht im Blick, Mässer i der Hand. Aber das adrette Froueli da usse het gar nüt Aabetüürlechs a sech, im Gägeteil, es luegt fasch chly ängschtlech dry. Gfährlech gseht das Pärsöndli nid uus, d Lilo hänkt d Chötti ab u tuet ganz uuf.
Im Schwick steit das Wybli ir Chuchi u lat e Sturzfluet vo Wörter über sen abtschädere. D Lilo mues ufpasse, dass si wenigschtens ds Halbe versteit. Es knattteret wi nes französisches Maschinegwehr, aber es nätts. Langsam geit ere uuf, dass das di unbekannti Wohltätere

isch. Si heig scho der Aabe vorhär gheizt u sech Sorge gmacht, wo niemer cho syg, u wo si dä Morge ds Outo heig gseh stah, syg eren e Stei ab, aber itz heig si gwüss afe müesse cho luege, öb alls i der Ornig syg, wül sech so lang niemer heig wölle zeige. U werum si nid cho syg nächti, si heig ere doch e Zedel ufe Tisch gleit u gschribe, wo si düremües. Si heigen uf se gwartet, si, der Maa u d Chind, aber wo si gäng u gäng nid cho syg, heige si halt der Räschte Champagner usgläärt, wo si dermit uf ds nöie Jahr heige wöllen aastosse.
Wäge mir heit der das Gschlüder scho chönne furtschiesse. I bi gloub nid di Einzigi, wo chly ne Eggen ab het! dänkt d Lilo, u lut seit si, das tüei ere fürchterlech leid, si heig äbe no nen Abstächer gmacht uf der Reis u drum zwe Tag bruucht. Si heig halt nid gwüsst, dass me sen erwarti, u härzleche Dank für d Bewirtig u für d Yladig, aber Zedel syg würklech keine uf em Tisch gläge.
Das machi gar nüt, syg keis Unglück, der Luft wärdi ihre Brief i ds Füür gwääit ha, de söll si halt es anders Mal cho, u we si irgendwelchi Problem heig mit der Wonig, es Telefon längi, u der Maa syg da.
U mit eme Affetämpo ratteret si e Zylete Zahlen abe, d Lilo ma nid gcho, sech nume die erschti z merke. Si reicht Bleistift u Blöckli us der Handtäsche.
Öb si wett so guet sy u ds Nummero ufschrybe, si wär froh für Notfäll.
D Madame nimmt's, hantiert elegant dermit desume u

schnäderet wyter. Sälbverständlech gäb si ihre ds Nummero, nei, nei, si wohni nid näbedra, im Nachberdorf, der Maa syg dert Verwalter vo re Villa. Oder eigetlech syg's meh es Schloss, si söll's numen einisch cho luege, si zeigi re's gärn, der Bsitzer syg z Paris. U nächär wünscht si «bonne année» und «beau séjour», u so gleitig si isch ynecho, so tifig isch si wider dusse, stygt ine riisigi Amerikanerbänne u bruuset dervo.
Speter findet d Lilo ds Blöckli u ds Bleistift uf em Chüelschrank. Das isch e glungni Nudle, ufgschribe het si nüt, u wi si heisst, isch o nid klar. Nu, das wird de uscho.
Aber itz los, a d Arbeit, es isch süsch nid ihri Art, bis zmittag i de Fädere z lige. U scho lachet si über sich sälber; wär wett itz ihre verbiete, umezplegere, solang si ma!
Warm isch es nid i ihrer Zueflucht, si schnadelet. Es isch niemerem ghulfe, wenn i als erschts daniden erfrüüre! dänkt si u leit sech aa.
Si tuet di dicke, fescht verriglete Fänschterläde uuf. Wi das schön isch dusse, vil wermer als ir Wonig.
D Sunne ligt heiter uf der breite Terrasse, e Vogel chäderet im Gstrüpp, es isch wi Früelig. Si isch da zimli am Bärg obe, fasch mitts im Wald. Di andere Hüser, wo der Herr Wäber dervo gredt het, verstecke sech hinder Böim u Strüücher u Stude. U dert nide di wyti Bucht, ds offene Meer – wi Silber glitzeret's im Mittagsliecht, es übernimmt se ganz. Si geit ufe Balkon u lähnet sech a ds Gländer. Si steit wahrhaftig hie u luegt

uf ds Meer use; irgendwie gloubt si's gäng no nid rächt. Jahrelang het si sech's gwünscht, aber es isch nie müglech gsi. «Ja ja, mir gö de scho einisch! He, wart itz doch, das mues gwüss nid grad hüür sy!» – U de sy si wi üeblech i d Höger ufe.

Aber itz isch si da, i füf Minute isch si am Strand, und we si wott, cha si der ganz Namittag am Wasser verlauere, si het di ganzi Côte für sich, kei Mönsch chunnt eren i d Queri, es isch ungloublech. En ändlose Spiegel breitet sech uus, liecht gchrüselet vom Luft. Chly blau, chly grüen, chly grau, mängisch fasch violett – hie bländig wi flüssigs Liecht, dert loufe längi, dunkli Streife derdür. Nüt unterbricht di Wyti, nume rächts äne zeichne sech ganz schwach zwo oder drei Inslen ab. Der Horizont verschwümmt im Dunscht u geit fasch unbemerkt i Himel über.

U si lat di Heiterkeit u Rue i sech yneströme, Freiheit u Friden erfülle se, si gspürt's bis i d Zeeje un i d Fingerspitze. Nöijahr. Es nöis Läbe. E nöien Aalouf.

I däm Ougeblick isch si überzügt, dass si ds Richtige gmacht het. Si weis nid, wi lang si da am Gländer steit, nüt dänkt, mit allne Sinne di Landschaft i sech ufnimmt u läbt, eifach läbt.

Settigi Momänte sy sälte u koschtbar u duure nid ewig. D Lilo findet sech jedefalls ungsinnet wider uf em Bode. Es tschuderet se, sövel warm isch es doch de nid, und ussertdäm weis si plötzlech, dass si nümm eleini isch. Si wird beobachtet, si merkt das ganz dütlech. Irgend öpper huuret im Gebüsch u het sen uf em

Chorn. U da gseht si ne. En unwahrschynlech wüeschte Hund steit im Garte u luegt zue re ufe. «E myn Gott, was bisch du für ne troschtlosi Kreatur!» fahrt's eren use, u der Köter ziet sech vorsichtig paar Schritt zrugg. Aber er lat ere keis Oug ab. Weis der Gugger, wivil verschideni Rassen a däm Stammboum beteiliget sy, so ne sonderbari Mischig het si no nie gseh. Er isch zimli gross, aber mager wi nes Gripp , u dräckigi, graugälbi Haarzottle hangen an ihm ume. Das Fäll gseht uus, wi we d Schabe wäre drinne gsi, der struppig Schwanz isch ufgringlet wi bimene Fäärli, u der Chopf hätt öppis vomene Schäfer, aber d Nasen isch ygstuucht wi bimene Boxer, u d Läfzge mahnen eim ender ane Bärnhardiner. Eis Ohr stellt er, ds andere lampet abe.

«Du bisch so abgrundtöif strub, dass de scho fasch wider schön bisch!» seit d Lilo zuen ihm. Är rüert sech nid, luegt se numen aa.

Schöni Ouge het er, wi dunkle Bärnstei.

So so, säge si, bisch du itz danide! Wirsch chuum meh wärt sy als alli andere, ou du schiessisch Holz u Steine, ou du stüpfisch u brüelisch.

Dä Hundeblick berüert d Lilo merkwürdig. Uf ds Mal het si ds Bedürfnis, däm misstrouische, misshandlete Vych z bewyse, dass nid alli so sy, dass er vor ihre nüt z förchte het. Hübscheli redt si mit ihm.

«E Schönheitskonkurränz chönntisch nid gwinne, so wi du usgsehsch. U drum bisch dänk so verschüpft u söllsch niene sy. Lue, d Mönsche sy mängisch mit em

Sack gschlage. Keine nimmt sech d Zyt, i dyni Märliouge z luege, jede gseht nume dy rüdig Balg u dy vertätschti Nase. U derby wärsch vilicht ganz e gäbige Tscholi. Keis Wunder, dass a nüt meh gloubsch u alli i glych Chübel gheisch. Weisch, es git ou under üs settigi, wo nume tschalpet un umegmüpft wärde. Teil wärde bös u schnelle u byssen alls, wo ne i Wääg chunnt, anderi lö sech gheie.» Der Hund luegt sen aa, sys Lampiohr zuckt albeneinisch, wi wenn er's wett ufrichte. Es Zytli stö si Oug in Oug, itz cheert er sech u verschwindet im Gebüsch.

Dä Abgang chunnt so plötzlech, dass d Lilo ganz verblüfft isch. Si schüttlet der Chopf.

Los einisch, Frou Günther, du hesch offesichtlech doch e Streifschuss verwütscht. Redsch mit eme frömde Kläffer wi mit dynesglyche. Du hesch nüt z tüe, das isch es. Hopp, gang ändtlech hinder dy Plunder.

Und itz rütscht's. Im Handumdrääje isch uspackt un ygruumt, bettet u d Brösmeli zämegwüscht. U nächär inspiziert si d Wonig. E chlyni, guet usgrüschteti Chuchi, e gmüetlechi Wohnstube, zwöi Schlafzimmer. Schöni, währschafti Möbel, originelli Bilder, e Huuffe mit Liebi zämegsuechti Chlynigkeite. E Frou mit Gspüri het das Hüsli ygrichtet. Ds Bedli isch chlyn, aber zwäckmässig, es fählt nüt.

D Lilo nimmt em Herr Wäber syni Instruktione füre. E halbi Brattig het er ere mitgä, dass si ja nid i Verlägeheit chömm. Houptsicherig yschrube, Chüelschrank yschalte, Gasherd u Durchlouferhitzer aaschliesse.

Aber si het nüt meh z tüe, alls funktioniert beschtens, das myschteriöse Wybervölchli vermuetlech. Si findet sogar Milch, Eier un Ufschnitt im Chüelschrank. Si bräglet chly Schinke u schlat zwöi Eier i d Pfanne. Und itz wird i der Stube der Tisch deckt un i der Ornig aagrichtet. Sie het nid im Sinn, i der Einsamkeit z versimple. Us der Pfannen ässe tuet si nid, sövel isch si ihrer Sälbschtachtig schuldig.
Nach em Ässe chunnt en Erkundigungsgang um ds Huus. Es steit zoberscht imene grosse, chly verwilderete Garte. D Lilo het ds Gfüel, si spazieri da dür ne unberüerte Bitz Natur. Stägli, Wägli, Müürli und albeneinisch es äbes Plätzli sy so gschickt aagleit, dass me guet mues luege, bevor me gseht, dass hie isch nacheghulfe worde. Mimosestrüücher, grad am Ufblüeie, wächslen ab mit feisse, grüenwyssen Agave u kompliziert verzweigte Blattkaktee mit eklige Stachle u runde, dunkelrote Frücht. Meterigi Erikabüsch machen unzähligi roseroti und wyssi Chnöpfli zwäg, paar höchi Pinie mit runde Chrone u blaugrüene Nadle stö derzwüsche. Näb em Huus het's es bsunders prächtigs Exemplar vo Boum, ou en Art Pinie, aber vil wuchtiger u breiter als die im Garte. Ihres Nadelwärk isch dunkelgrüen u d Zäpfe sy gross wi Chindschöpf.
Es isch e Troum vomne Garte. E mannshöche Haag vo verschidene Strüücher u Stude schliesst das Paradies gäge d Strass ab, wo imene grosse Boge drumumefüert. U wo d Lilo ds Huus vo da unden aaluegt, kennt si's wider: Vo da uus sy di Fotone gmacht worde, wo

re der Herr Wäber zeigt het, nid obenabe. Under der Veranda mit em zierleche Ysegländer het's no nes Undergschoss, allwäg d Schnäfelbude u ds Wärchzüügchämmerli.
Itz wär eigetlech no Zyt, es Telefon z suechen und em Herr Wäber aazlüte. Unden am Stutz isch e grosse Parkplatz, natürlech läär zu der Jahreszyt, dert stö zwo Kabine. Zersch üebt si chly, bis würklech e Verbindig zstandchunnt.
Der Herr Wäber isch feiechly erliechteret, wo si sech mäldet. Är het ihres Telefon scho geschter erwartet. Itz chunnt dä o no so. Aber si isch äbe nid dra gwanet, dass sech öpper um seie Sorge macht. Bis itz isch es ender sälbverständlech gsi, dass si sech um alls kümmeret. Drum het si ou nüt derby gfunde, ihri Fahrt z Orange z underbräche u ändtlech einisch das römische Theater ga z luege. U plötzlech het si nümm möge fahre, isch no chly umegstopfet, ohni vil z luege u z dänke, het es Zimmer gsuecht u isch grad dert übernachtet. Nach eme späte, usgibige Zmorge het si sech ufe Wääg gmacht, isch z Avignon blybe hange, het nächär no nen Umwääg gmacht über Marseille und isch de gmüetlech der Küschte naatrötschgelet. Es isch ihri erschti Begägnig gsi mit em Meer, u si het allpott chly stillgha. Drum isch es du so spät worde.
Der Herr Wäber wott nüt vo Entschuldigunge ghöre. Är sälber fahrt äbe meischtens düre u het drum aagno, si mach's glych. D Lilo fragt nach däm rätselhafte Froueli.

«Das isch nüt Gheimnisvolls», macht er, «das isch d Aline. Si het e Schlüssel u geit öppe ga luege, wenn niemer dunden isch. I ha nech aagmäldet, aber vergässe, nech's z säge, u wo's mer isch i Sinn cho, syt der scho furt gsi. D Aline isch es hochkarätigs Guldstück. We der mit öppis nid z Schlag chömet, de göt ungschiniert zue re.»
«Schlächt z mache! I weis nid emal, wi si heisst u wo si wohnt, ds Telefonnummero het si vergässen ufzschrybe, u der Zedel, wo si mer het ufe Tisch gleit, han i ou niene gseh.»
Der Herr Wäber lachet sech chrank.
«So so, het si wider es Opfer gfunde!» seit er ändtlech u guglet no einisch e Schwetti. «D Aline und ihre Maa chöme nämlech ursprünglech vo Algerie. Si sy zwar scho ewig lang z Frankrych, chöi aber no gäng keis Wort schrybe u läse. Das weis die ganzi Côte, aber di zwöi lö kei Glägeheit usse, für z bewyse, dass si's doch chöi. Ömel d Aline isch unermüedlech. Was die für nen Energie ufwändet, für allne mügleche Lüt Sand i d Ouge z ströie, das geit uf kei Chuehut. Tät si die bruuche für lehre z läse, de chönnt si's scho lang!»
«Höret uuf!» seit d Lilo unglöibig. «Wi het de die glehrt outofahre?»
«Da heit der mi überfragt. Z Südfrankrych geit äbe mängs, wo süsch nienen ynema.»
Un itz diktiert er no d Adrässe u ds Telefonnummero vo der Aline Kermeul.

Es anders Gsicht

Nächär geit d Lilo a ds Meer füre. E breite Sandstrand ziet sech imene liechte Boge kilometerwyt uf beidi Syte. Kei Mönsch isch ume Wääg. Ds Wasser isch klar u suber, aber ds Ufer gseht weniger aamächelig uus. Der Wasserlinie nah ligt e Streife vo allergattig Ghüder, Schlämpe vo Tang und Alge, Trybholz, düürs Loub, hundertmal usegrisse u gäng wider zuechegschwemmt. Si sädlet sech uf eme grosse Stei u luegt de Wälle zue, wi si sech dusse bilde, wi si als längs, schmals Band neecher chöme, sech überschlö, ufsprütze u wider zruggloufe, füre, hindere, füre, hindere. Es sy zahmi Wälle, ihres Spil gseht liecht und elegant uus, aber we sech ds Wasser zruggziet, blybt e spiegelglatti Sandflächi, ohni Müüssi, ohni Tümpfi, erbarmigslos poliert. Und mängisch zeigt e Wälle chly meh Chraft u ma ne Meter wyter ufe grecke. Vorsichtshalber rütscht d Lilo höcher uf ihrem Felsen u ziet d Füess zueche. Ds Wasser schuumet, wenn es verlouft. E schneewysse Rand bläätterlet, chrällelet u vergeit – es mahnet se ganz a Champagner bi Ochsebeis schwachsinniger Wienachtsparty. Wi si das Gschlüder uf der Latte het! Es ehrlechs Glas wysse Wy wär eren albe sibemal lieber, aber wo si i der letschte Zyt sy härecho, het me se mit däm Lüürliwasser traktiert. I füfzgfränkige Gleser natürlech, wenn müglech zu fade Lachsbrötli, und alls,

wo me dervo het, isch e blöde Mage. Am sächsezwänzgischte het se der Rolf mitgschleipft zu dene Ochsebei. Der Chrigel spanyflet scho lang druuf, dene d Wonig nöi yzrichte, u het em Rolf di Yladig zuegha mit em Uftrag, d Frou Ochsebei yzseife mit sym gwinnende Wäse. Mit Erfolg natürlech. Ds Atelier Seiler wird sech der Röiberhöli aanäh un es Schmuckchäschtli drusmache, eis für i ds «Schöner Wohnen», under der Leitig vom begabte, charmante Herr Günther, versteit sech.
Verlyde ma's öppis. Ochsebeis ihri ganzi Kultur erschöpft sech imene violette Wienachtsboum, Ton in Ton mit der Robe u der Turmfrisur vo der Gaschtgäbere. U der Herr Günther wird es Meischterwärk schaffe, Gschmack het er, alls, was rächt isch. Aber i däm Fall isch er vergüdet; bi der Madame Ochsebei isch Hopfen und Malz verlore, die verwandlet ds gedigenschten Interieur mit ihrer blossen Aawäseheit ine drittrangigi Spelunke. D Partygescht sy entsprächend gsi, d Lilo het sech ztod glängwylet.
Deheim het si du ihrem Grimm der Louf gla u gschwore, ane settigi Idioteversammlig bring me se nümm mit sibe Ross. Är het pikiert gseit, mit denen Idiote verdieni är sys Gäld, u Gschäftsinträsse chömi äbe mängisch vor pärsönlechen Empfindlechkeite.
«Gschäftsinträsse!» isch si explodiert. «Gschäftsinträsse! Mi chönnt meine, di Bude ghörti dir! I cha's nümm ghöre, das höchgstochne Tue, dyni gehobene Kreise hange mer zum Hals uus, am liebschte lief i dervo!»

Är het süffisant glächlet u gmeint: «So gang doch! Chunnsch gly wider ume, haltisch's ja nid uus ohni mi.»
Sprachlos het si nen aagluegt. So gseht das also uus. I eifältige Toggel! I hänke mi fasch es halbs Läbe lang, schufte mi chrumm u bugglig, spile di grosszügigi, toleranti Ehefrou, wo alls versteit u ds Läben im Griff het – u mit welem Erfolg? I bi der Bajass vom Dienscht!
Chochig heiss stygt's in ere uuf bi dene Gedanke, si wett mit de Negel uf ne los un ihm sys sälbschtgerächte Zyferblatt verchraue. Aber si macht's natürlech nid, mi het sech i de Finger! Dä Wahlspruch het ere d Mueter vo chlyn uuf ytrichteret.
So het si sech nid vil la aamerke u nume troche gseit: «Jede macht einisch e Fähler!»
Druuf het si ihres Bettzüüg greicht u sech im Gäschtezimmer yquartiert.
Zersch het er ganz entgeischteret zuegluegt, nächär isch er nache. Aber si het ihm d Türe vor der Nase zueta u der Schlüssel drääit.
Es het wüescht ghusaschtet mit ere i dere Nacht. Natürlech het er rächt, wenn er se i däm Liecht gseht. Zwöiezwänzg Jahr lang het si sech gäng underzoge. Der Rolf spilt sehr gekonnt der liebenswärt Tolpatsch. Däm verlägene Luusbuebelächle un em hilflose Blick us blauen Ouge isch si vo Aafang aa usgliferet gsi. Dermit het er alls düregsetzt, ou i Chlynigkeite het si sech nach ihm grichtet un ihm jede Wunsch vo den

Ougen abgläse. Si het gäng gwüsst, dass si am Angel zablet, aber dass är's o weis u schamlos usnützt, das isch eren ersch i däm Momänt klar worde. Si isch sech missbruucht u hindergange vorcho, di beschte Jahr vo ihrem Läbe het si sinnlos verta, verschwändet ane Bländer, ane Niete, ane Windhund, ane hemmigslosen Egoischt. Stundelang het si stumm vor sech häregwüetet, keis guets Haar het si an ihm gla. Ersch gäge Morge het's ere chly glugget, wo si het beschlosse, mit dere Tour syg fertig, so löi si nümm mit sech umspringe, das heig si nid verdienet. Si isch nid uuf ga Zmorge mache, o we's chly chindisch usgseh het. Aber ihri Erbitterig het sorgfältig müesse pflegt wärde, si het genau gwüsst, dass si se bruucht, wenn si sech einisch wott behoupte. Si isch nid sicher gsi, öb ihri Energie de no längt, we d Wuet verrouchnet het.
Är isch furt gsi, wo si sech ändtlech het füregla. En erschten Erfolg, het si gmeint, offebar het nen ihre Uszug us em Schlafzimmer nid ganz chalt gla. Normalerwys hätt er itz alli Regischter zoge, für se wider yzlyre.
Si het sofort ghandlet un em Herr Wäber aaglütet. Der Frou Ochsebei ihri Frisur het sen uf ne Idee bracht. Öb si ächt hüt chönnt cho Haar schnyde, es syg usserordentlech wichtig. Der Herr Wäber ghört nid zu dene Coiffeure, wo meine, si müessi ihri Chundschaft pouselos underhalte. Er cha schwyge, wenn's am Platz isch, un er cha ou zuelose. D Lilo geit scho mängs Jahr i sy Salon. Si schetzt, dass men ihm e Sach nid sibemal

mues usdütsche, er weis no gradeinisch wodüre. Er het o dasmal nid lang gwärweiset. We si grad sofort chönn cho, lueg er's yzrichte.
Der Herr Wäber isch sech Etlechs gwanet u treit di äxtravagante Wünsch vo syne Chundinne mit Fassig. Aber wo d Frou Günther het verlangt, er söll ihri Lokkepracht abhoue, so churz wi müglech, u d Farb usewäsche, da het er doch chly aarig gluegt. D Lilo het gwüsst, a was er dänkt. Bi eim vo ihrne erschte Bsüech het er vorgschlage, si söll's einisch mit chürzere Haar probiere, ihri Gsichtsform chäm vil besser zur Gältig. Si het nume gseit, ihre Maa gsei di Wallewallemähne gärn, u wäg ere Frisur mög si kei Ehekrise provoziere. «Dir syt e bermerkenswärti Frou!» het er denn gmacht un isch nie meh druf zruggcho.
«So churz, wi der's chöit verantworte!» het si nachedopplet, d Ouge zueta u sech de gschickte Händ vo ihrem Figaro usgliferet. Si het kei Momänt gförchtet, er mach eren es Chrääjenäscht, wo si sech nümm dermit uf d Strass trouti, für das versteit er sys Handwärk z guet. Drum het si ne la chosle u schuume, la schnäfle u föhne, u sech derzue usgmale, was ächt der Rolf wärdi säge. Ersch, wo der Herr Wäber het gseit, är wär sowyt, het si gluegt.
Si isch fasch erschoche ab ihrem Spiegelbild. E völlig anderi Frou het sen aagluegt, dä schneidig, sportlech Schnitt het ihres Gsicht so starch veränderet, dass si sech chuum meh kennt het. Sy ihri Ouge würklech gäng so gross gsi u d Backechnoche so höch? Het si

scho vorhär so ne schmali Nase gha u so nes markants Chini?
«Di Frou het Stil, si het's eifach bis itz no nid gwüsst!» het der Herr Wäber hindedra zfride gseit. «E settigi Frisur cha me sech nume leischte, we men es Gsicht het, u dir heit eis!»
Wahrhaftig het si es Gsicht! D Lilo het di ungwaneti Erschynig verwunderet betrachtet. Frömd, aber eigetlech nid leid. Wi lenger dass si sech im Spiegel gschouet het, wi meh het es sen aafa gluschte, di intressanti Pärson mit dene zündhölzlichurze, starch melierte Franse neecher lehre z kenne.

Und für das isch si under anderem itz da, het chalti Füess un isch ganz verhogeret uf däm herte Chnüüre. Si wott ufha – da gspürt si wider di Blicke. Vorsichtig luegt si ume – dert äne hocket er, gälb u struppig, u syni Ouge lö se nid los.
«Weisch was, du wirsch mer langsam unheimlech! Was wosch eigetlech vo mer? Wenn di wenigschtens chly neecher zuecheliesisch! Chumm, Badi, chumm!» chüderlet si, aber es isch nüt z mache. Chuum steit si uuf, isch er wäg, ufgsoge vom schattige Mimosegstrüpp hinder den Eukalyptusstämm.
Es Zytli steit si no und luegt use. D Sunne isch wyt überegwanderet u lat gälbi Glüetli uf em Wasser tanze. Platsch – e hinderlischtigi Wälle het nach ere greckt. E Göiss, e Gump – un e Blick i d Rundi. Nei, gseh het's niemer. Nume en eltere Heer mit Huet u Stock steit e

Blätz wyter äne, aber er luegt nid i ihri Richtig. U wenn o!
«Lektion eis», doziert si, «lue, wo de steisch, süsch hesch plötzlech d Schue voll.»
Deheim vor em Spiegel düecht es se, si heig scho sit Monete nümm so früsch u heiter drygluegt. Roti Bakke, glänzigi Ouge, di churze Haar chly vernuuschet vom Luft.
«Hübsch, hübsch!» seit si zu ihrem Spiegelbild. «Fröi di drann, solang dass d chasch.»

Haaghuuri! E settigi Frächheit! Der Rolf het fasch d Schrube gmacht, wo si i ihrer nöien Ufmachig isch heicho. Zersch het er sen e Zytlang aagstaret – u nächär isch es losgange.
«Bisch eigetlech wahnsinnig worde? Wele Möff het der itz das chönnen aagä?»
«Für das han i kei Möff bruucht. I ha eifach beschlosse, i Zuekunft louf i nume no so desume, wi's mir sälber gfallt, das isch alls.»
«Mit settige Emanzefürz muesch mer nid cho, die zie de nid bi mir!» het er gmöögget. «Sofort geisch zrugg u lasch wenigschtens di graue Fätze färbe. Mit so me Haaghuuri darf i mi ja niene zeige!»
Si het sech nid la yschüchtere: «Müglecherwys gäb's Sache, wo de meh Grund hättisch. Di graue Haar han i ehrlech erworbe, u vo hütt aa stahn i derzue!»
U druuf het's ghäscheret wi no nie. Keis het em anderen öppis gschänkt, d Schlacht isch gäng wilder worde.

Si het sech no feiechly chönne beherrsche, ömel am Aafang, aber är isch total zum Züüg uscho u het ta wi der lötig Tüüfel. Es isch ds erschte Mal gsi, wo sin ihm z grächtem het d Stange gha, u das het ne rasend gmacht. Er het se gchläpft.
Das het du nümm ynemöge. Di nöji Frisur isch eigetlech ersch so ne Versuechsballon gsi, e Probeufstand sozsäge. Dä Chlapf hingäge het gwürkt wi ds Fünkli im Pulverfass.
Si het keis Wort gseit, ds hinderschte Räschteli Chraft het si müesse mobilisiere, für nid usezhüüle. Dä Triumph het sin ihm nid gönnt. Aber ou är isch plötzlech merkwürdig still worde, vilicht isch er sälber erchlüpft.
Si het sech wider ybschlosse u d Träne la loufe. No nie het si sech däwäg i ds Eländ la gheie. Me nimmt sech zäme! Me bysst uf d Zähn! Haltig bewahre, nüt la aamerke! Das sy so di Grundsätz gsi, wo bi der Mueter gulte hei, u d Lilo het sech bis itz dernah grichtet. Si het di Überlägeni, di Unerschütterlechi gspilt, der Felsen im Meer, bis si's sälber gloubt het. Bis denn, wo si uf em Bett glägen isch und am liebschte gstorbe wär.

«Ja ja, Elisabeth Charlotte, ds Guld isch ab u ds Dänkmal i Trümmer!» seit si tiefsinnig. Nächär schnydt si sech e Grimasse u geit ga nes Füür mache. Si nuuschet no chly desume, tuet d Läde zue u bschliesst. De nischtet si sech mit eme Glas Wy u de räschtleche Gipfeli gmüetlech y im Schoukelstuel vor em Chemi-

née. Aber trotz der aagnähme Wermi wott sech dä eigenartig Schwäbezuestand vo nächti nid ystelle. Ihri Gedanke sy klar u logisch u keis bitzeli gheimnisvoll. Nüt vo tröimerische, romantische Gfüel.
Es isch e Sach mit so Stimmige. Me cha se nid härstelle. Si chöme vo sälber oder de halt nid. Das wär itz Lektion zwöi: Es lat sech nüt erzwänge.

Luts u Lysligs

So, ds ganz gwöhnleche Läbe gryft wider nach der! dänkt si am nächschte Morge vor em lääre Chüelschrank. Entweder choufsch itz öppis für z ässe, oder si chöi i paarne Wuche deheim im Blick läse: Ausgedörrte Leiche einer Frau unbestimmten Alters an der Côte d'Azur entdeckt. Die Unbekannte ist vermutlich Hungers gestorben.
Blödsinn. Ab ga kömerle.
Das isch ringer gseit als gmacht. E gschlagni Stund hürschet si a ihrem Hoger ume, aber öppis, wo usgseht wi nes Lädeli, isch niene z finde. Schliesslech fragt si eine, wo über nes Gartetööri yhanget u tubaket.
Sicher, unden am Strand heig's es Lädeli, aber das syg halt nume i der Saison offe. Si mües i ds Dorf füre oder irgendwo ufe Märit oder grad i ds Casino. Är reich alls dert. Aha, i ds Dorf. Wo ächt das wär?
Also itz dafüre, u nächär links, u nächär rächts, u nächär öppe füf Kilometer, u nächär gsei si's de.
Füf Kilometer. Öb das würklech so ne bländendi Idee gsi isch, mitts im Winter i d Einsamkeit z zügle? Jä nu, verhungere wott si nid.
Ohni Outo wär si itz scho chly dumm dranne. Genau so wi früecher albe, wo si no keis eigets gha het. Wi mängisch het er se i unmüglechi Situatione brunge. Wi mängisch hätt si das Outo dringend sölle ha, un er isch

nid heicho, eifach amen Ort blybe hange, si het nie gwüsst, wo sueche. Solang nume si sälber i Verlägeheit isch cho, isch's ja no gange, aber we's frömdi Lüt betroffe het, das het se ganz chrank gmacht. Einisch sy d Zwillinge mit der Schuel i nes Altersheim ga singe. Si het versproche gha, si füer se häre u ladi no grad zwo Fründinne uuf. Kei Vatter isch cho mit em Outo, si sy gsi wi uf Nadle. Im allerіletschten Ougeblick isch e Nachbersfrou ygsprunge; d Lilo wär am liebschte düre Boden ab. Und einisch het si zumene Froueverein im Ämmital sölle ga vorläse. Denn isch si nume dank eme sündhaft tüüre Taxi halbwägs zur Zyt cho.
Si het meh weder einisch mit ihm zoge derwäge, aber das isch Wasser i Bach treit, unpünktlechi Lüt cha me nid ändere. Si gseh o nid y, für was, d Problem hei ja di andere.
Es het paar Jahr bruucht bis zum Entschluss, aber schliesslech het si sech e chlyne Fiat gchouft. Mit schlächtem Gwüsse, si het sech wuchelang sälber beruehiget. Mit chly guetem Wille hätt eis Outo glängt, aber si het's ja würklech lang probiert. Und ihri Närve sy ou öppis wärt. Das rote Chruzli het eren es bitzeli Unabhängigkeit verschafft, o we si's nid vil bruucht het. U verdienet het si's sälber, si isch nid zum erschte Mal froh gsi, dass si d Schuel nid ufgä het. Sachlech betrachtet wär me ohni ihre Lohn chuum dürecho. Syner ewige Stellewächsle, d Kunschtgwärbschuel, d Zwillinge, ds Huus – das het alls gchoschtet.
Är het nid emal vil gha yzwände gäge dä Chouf, nume

wäge der Farb het er gäng chly gstänkeret. Si het nie öppis Rots dörfen aalege, das het er gar nid chönne verputze, derby hätt's ihre no gfalle, u guet cho wär's eren ou. Das Fürwehroutöli isch e bescheideni, aber wohltätigi Rach gsi. Wo ds erschten isch düre gsi, het si es glychligs zuecheta, u sit eme halbe Jahr isch si bim dritte.

U das reicht si itz u geit dermit uf d Fuetersuechi. Füre, links, rächts u nächär öppe füf Kilometer. Es isch no chly meh, aber süsch stimmt d Beschrybig. Ds Dorf luegt verschlafe dry, nüt Bsunders, eifach Hüser. Aber d Palme, d Mimosestrüücher, einzelni Bougainvilleas, wo wi lüüchtigi Flamme d Huswänd ufchlädere, über allem e Poschtchartehimel – das isch scho nid so gwöhnlech. En unbeschwärti Feriestimmig übernimmt se, wo si ds Wägeli uf em Dorfplatz under ne Platane stellt und usstygt. Ds Dorf ligt am Hang, si boue wi sturm. Es paar Läde sy zue, aber was si nötig het, überchunnt si. Läbesmittelgschäft, Beckerei, Metzger, Gmüeslade, alls schön binand. Wyter obe findet si sogar e Bank, en Apothek un e Garage. E grössere Lade ire nöien Überbouig, vermuetlech Feriewonige, nennt sech Casino. Het er ächt das gmeint, dä mit der Pfyffe? Si erinneret sech: Uf der Fahrt der Küschte nah het si's allpott gläse, Casino oder Géant Casino. Si het no dänkt, die heige da vil Spilhöline, aber das isch wahrschynlech ender en Ychoufschötti, ähnlech wi der Denner oder d Migros. Si geit lieber i di chlynere

Gschäft, di Massenabschlachtig cha re's nid. Zersch choufl si afe Brot. Das isch scho nes halbs Aabetüür, e settigi Uswahl het si no nie gseh. Brot i allne Forme, Farbe u Grössine, churzi u längi, dünni u dicki Gipfeli, Weggli u Mütschli mit u ohni Salz, Mohn, Sesam, Chümi oder anderi Chärne. Es isch es Schlaraffeland. Öb si chly dörf luege, si kenn sech no gar nüt uus. Natürlech darf si luege, solang si wott. Di luschtigi Verchöifere strahlet wi ne Maiechäfer. Ändtlech entschliesst sech d Lilo für nes Brot, wo usgseht wi nes Rad mit Reif u Speiche. E Schwatz mit der Lädelifrou hanget o no dranne. Wohär u wohi, wi lang u werum sy gäng intressanti Theme, bsunders im Winter, we süsch nüt los isch. D Lilo mues guet lose, zum erschte Mal ghört si dä eigetümlech Tonfall. Es tönt gar nid so richtig französisch, chly hert, aber elegant u melodiös. Di Frou redt schnäll, d Lilo ghört mängisch nume Bahnhof, aber das isch sicher es Gwane. Bim Metzger geit's ähnlech, si isch dert o grad di einzigi Chundin.
Im Gmüeslade, meh e Verschlag us Brätter u Blache, steit si e Zytlang desume u wartet uf Bedienig. Aber di Müesle hinder der Kasse wott ds Hindere nid lüpfe. Si söll sälber näh, dütet si re nach langem. Chischte voll herrlechs, chruttigs Gmües, früsch u appetitlech, nüt ypackt, nüt abgwoge, u si söll da eifach dryrecke? Ds drüfache Chini vo der Madam wyst uf ne Bygete Chörbli bim Ygang. Aha, die wäägt de das ar Kasse. Und itz list d Lilo use. E feisse Louchstängel, es gluschtigs Bluemechööleli, es Halbdotze Härdöpfel,

paar Rüebli, e Riisezibele, es Salathöitli, Öpfel, Bire, Orange, Banane und als Schlusspunkt e saftigi Ananas. Si chunnt richtig i Fahrt u mues numen ufpasse, dass si's nid übertrybt. Gässe sött's de o no sy. A der Kasse überschlat es se fasch. Es bessers Trinkgäld choschtet di ganzi Pracht.

Itz bruucht si nume no Milch und Anke, de ma si's usghalte bis übermorn. Denn syg de Märit, het d Bekkersfrou gseit. La femme du boulanger! Hoffetlech macht si nid so Gümp wi die im Pagnolstück.

Hoppla, Frou Günther, nume nid grosshanse. Dyni eigete Gümp sy ou nid grad üeblech!

Was söll's. Ds Läben isch e Troum, das Fläckli Ärde da ds Paradies u der Herr Wäber der Ängel mit em Flammeschwärt. Ussert ihm weis kei Mönsch, wo si isch, also sy o grad no keiner Vorwürf z erwarte. Nume d Poscht u d Bank hei no ihri Adrässe, aber das weis süsch niemer.

Wo si deheime zuechefahrt, pfitzt grad der Hund umen Egge. Er blybt stah, luegt, wi si usladet, schlat paarmal mit sym kümmerleche Schwanz, wi wenn er wett säge: «So so, bisch wider da?» u furt isch er. Scho chly nes schäbigs Empfangskomitee, e rüdige Hund!

Ihre Mage ruuret rächt. Si gschweigget ne vorlöifig mit eme Bitzli Brot, u nächär chochet si sech es Menu us em Bilderbuech. Lammcôtelettes het si gänggelet, das het si deheim nie dörfe mache, Schafbock stink zum Himel, het der Monsieur gäng gseit. Si chochet gärn, hüt mit bsunderem Vergnüege, mit dene Zuetate. Vor

ihrem appetitleche Zmittag begryft si plötzlech, was das heisst, läbe wi der Herrgott z Frankrych.
Am Namittag mues si wider a Strand, es ziet se a allne Haare. D Wälle chömen u vergö, unermüedlech, unufhörlech, unufhaltsam. D Lilo sitzt lang uf ihrem Stei, luegt i d Wyti u gspürt e Huuch vo Ewigkeit. Wi da alls unwichtig wird! Öb si hie hocket oder nid, isch ohni Bedütig, was hinde ligt, u was no chunnt, isch em Meer glych. Es isch gäng da gsi, un es wird sys Wällespil o no trybe, we's lengschtens niene meh e Rolf un e Lilo git, wo sech ds Läbe schwär mache.
Speter louft si em Strandwägli nah. Paar hundert Meter wyter äne veränderet sech d Küschte, der lieblech Sandstrand blybt zrugg, es wird steinig. Mit spitzige Felsefinger reckt ds Land i d Flueten use, d Wälle bräche sech a de scharfe Kante, es ruuschet, schuumet, sprützt.
Es geit obsi. D Lilo stygt über rotbruuns Gröll, chlädderet über schreegi Steiplatte, wycht kantige Felsblöck uus. E wildi Gäged, nid wachsig. Es paar verchrüppleti Pinie chlammere sech i de Felsspält fescht, Ginschter u niders Gstrüpp wachsen us de Chleck, Flächten überzie d Steine, albeneinisch zwängt e Steibräch syni Würzeli ine Ritze. E Värs us Waggerls heiterem Herbarium chunnt ere i Sinn:

Wir wissen nicht,
womit der Steinbrech Steine bricht.
Er übt die Kunst auf seine Weise
und ohne Lärm. Gott liebt das Leise.

Äbe. U mir grossartige Mönsche hei verkümmereti Antenne, wo nümme imstand sy, di lysere Tön ufzfa. Si steit zusserscht uf ere Felsnase u lat sech der Luft um d Ohre wääje. Wyt usse ziet es Schiff sy Bahn, ganz wyss glänzt es i der Sunne. Töif under ihre chochet ds Wasser imene Chessel, wo's abertuusig Jahr lang usgwäsche het, es tooset u brätschet uf di Wänd, es schlyft u poliert. U we's ime ganze Jahrhundert numen es Schüümeli vo däm herte Stei ma abtrage – was macht das uus, es het Zyt, alli Zyt vo der Wält. Hin u wider mues er ds Luten o gärn ha.

«Mach kei Misstritt!» ermahnet si sech bim Abestyge dür das stotzige Wägli. Grad luschtig wär das nid, mit eme verwirsete Scheichli mueterseeleneleini i der Wand z hange. Aber si präschtiert's natürlech problemlos, het ja Üebig vo ihrne ändlose Bärgwanderige.

Es isch eifach unheimlech schön, einisch so ganz für sich chönne z sy. Niemer stellt Aasprüch, niemer stürmt ere der Chopf voll, si mues nüt, cha alls la tschädere. Si het süsch gärn Betrib um sech ume, isch alls andere als lüteschüüch. Es mues öppis loufe, de isch si im Chlee. Ömel bis vor churzem. Vilicht het si äbe überbordet mit der Betribsamkeit, vilicht het si sich und andere zvil zuegmuetet, u drum het's ere der Zapfen abgjagt. Jedefalls sy Einsamkeit u Rue genau das, wo si am nötigschte bruucht. Zue sech sälber cho. Wider düregseh.

Si ma gar nid dra dänke, wi das im Summer hie zuegeit. Das mues ja ne Rummel sy, we di ganzi Sidlig

bewohnt isch u si vo allne Syte i d Bucht wei cho schwadere u desumeplegere. D Goofe zwänge, d Müetere chifle, d Vättere bugere, d Glaceverchöifer möögge. Nume guet, het si ihre Sälbschtfindigstrip im Winter underno.
Das heisst, so ganz eleini isch si nid. Dert promeniert der Huet u Stock-Mönsch vo geschter, unden am Stutz steit der Hund. Das donners Vych schynt der Nare gfrässe z ha are. Er haltet zwar vorsichtig Distanz, lööke lat er sech nid, het aber allem aa uf se gwartet. Er louft vor ihre ds Strässli uuf, gäng schön im glychen Abstand, blybt si stah, het er still, louft si wyter, geit er wider. Deheim wartet er, bis si d Tür uftuet, nächär verschwindet er. We ren itz äbe di richtigen Antenne nid täte fähle, chönnt sin ihm vilicht hälfe.
Morn mues si um Holz uus, di paar Rugeli im Chorb länge bösdings no für hinecht. We d Sunne tagsüber dür ds grosse Balkonfänschter schynt, isch's gäbig dinne, aber am Aabe ma's d Lilo nid verlyde ohni z heize. Es isch halt scho meh es Summerhüsli mit dene dünne Müürli. Si nimmt em Herr Wäber sy Zedel füre. Gasofen in der Werkstatt, heisst es da, bitte vor Abreise Ersatzflasche besorgen.
Mit Gasöfeli kennt si sech uus. Si het sech scho mit zimli allne gängige Syschtem umegschlage, i Alphütten u Bärghüser trifft me se öppen aa.
Si suecht der Schlüssel u geit i d Wärchstatt, das Öfeli ga reiche. E volli Gasfläsche steit o no da, di nächschte Tag mues si ömel nid erfrüüre.

Sie isch scho am Morge druuf gottefroh um di Heizig. Es isch zwar klar u sunnig, aber empfindlech chalt, es chuttet mörderlech. Das isch dänk der berüemt Mistral, d Frou i der Beckerei het dervo gredt. Er gang drei Stund, drei Tag oder drei Wuche, het si gwüsst, un er syg nid harmlos. D Lüt wärdi bös dervo u machi dummi Sache. Allwäg öppis wi Föhn, dänkt d Lilo, u zündtet das Öfeli aa. Ds offene Füür brönnti gloub nid gärn, das jammeret u weisset ja i däm Chemi, me chönnt abergläibisch wärde. Di mächtigi Pinie vor em Huus erhudlet's, dass d Zäpfe wyt furtflüge, d Mimosestrüücher drückt es fasch z Bode. Einschtwyle lat si sech no nid veruse, schlüpft gschyder no einisch i ds Bett. Eifach so. Das hätt si sech deheim nie erloubt, nid emal, sit si nümme schaffet. Vilicht hätt i sölle! dänkt si no, bevor es se wider nimmt.
Der Luft stillet der ganz Tag nüt, aber am Namittag gluschtet es se glych no chly für use. Dasmal schlat si di anderi Richtig y, der Hoger uuf.
Ihres Hüsli isch eis vo de Bescheidenere, ungloublech, was da für Bunker stö, wi höcher obe, wi fürnämer. Bi de meischten isch mit der ganz grosse Chellen aagrichtet worde, handgschmideti Portal u Marmorstäge sy no ds Mindischte. Oder vilicht mues me da scho Träppe säge! Si wett keine vo dene Paläscht. Schön sy di wenigschte, nume protzig. U de di Gärte! Richtigi Aalage mit Trybhuus, Minigolf, Swimmingpool u allem. Swimmingpool! Am Meer! Wi doch d Lüt uf Spinneridee chöme, we se ds Gäld plaget.

D Strass louft im Zickzack der Bärg uuf, u nach jedem Rank cha d Lilo früschi Studie mache.
Vo doben isch der Blick wunderschön. Di ganzi Bucht cha si vo da überluege, u no vil derzue. Linggs äne di felsigi Halbinsle, wo si geschter drann umegogeret isch. D Wasserflechi isch hüt meh grau, si isch ufgwüelet, ds Ruusche vo de Brächer ma bis hie ufen alls übertöne. Di drei Insle zeichne sech klar u dütlech ab. Hie obe möcht si wohne, hie isch es so unheimlech schön, si überchunnt diräkt Härzchlopfe. Am liebschte wär ere di Villa uf däm chlynen Uslöifer da äne. Si isch öppis wi ne wysse Raab under dene Monschtrum zäntume, es richtigs Schmuckstück. Eifach schön. Es steckt ou es dicks Portemonnaie derhinder, scho der Bouplatz mues es Vermöge gchoschtet ha, aber hie het einen öppis Rächts aagfange mit em Gäld. I der Yfahrt steit e dunkelgraue Mercedes, vo der obere Pryslag natürlech. Er het es Franzosenummero.
Jänu, alls cha me nid ha. Ou i däm Troumhuus cha me eigetlech nume wohne, und ou mit däm Superchlapf cha me nid meh mache als mit eme rote Fiatli. Umefahre.
Uf dere Syte geit's zimli stotzig z dürab. D Lilo findet es Stägli, wo zwüsche Gärte u Muure diräkt uf d Uferpromenade abefüert. Es het paar Spaziergänger uf em Trottoir.
D Lilo geit hüt nid a ds Wasser, es tuet wüescht. Meterhöchi Wälle chöme cho z troole, überschlö sech u sprütze bis a d Muur ufe. U de dä Lärme, das brieschet,

chrachet u tooset, jedes andere Grüüsch geit drinn under. Es isch grossartig.
Si wär fasch enttüüscht, wenn er hüt nid da wär. Aber er wartet unden am Stutz, wi we das scho gäng zu syne Pflichte ghört hätt. Er begleitet se hei, aber es düecht se, der Abstand heig echly gchlynet.
Si brichtet mit ihm ab em Ufeloufe. Er tuet nüt dergly-che, nume ds Lampiohr zuckt. Deheim seit si: «Wart einisch, i ha der öppis!» u reicht d Chnoche vom geschterige Zmittag un e Wurschtzipfel.
«Chumm, Badeli, chumm lueg!» chlütterlet si. «Chumm lue wi guet!» Der Hund steit wi ne Statue, eis Bei i der Luft. Si macht e Schritt uf ne zue u bade-let wyter. E schnälli Bewegig – furt! «Wart nume, Bürschteli, dir will i zeige! Du chunnsch no cho z schnaagge!» schwört si. Das wär ja zum Lache, we si nid emal meh mit somene Woueli fertig wurd. Si leit das Züüg unden am Huus uf ds Müürli u geit yne. Si ma nid gcho, uf d Veranda ga z luege, isch scho alls furt.

Merkwürdig, wi d Zyt verflügt. Derby wärchet si nid emal öppis. Hüt isch scho der füft Tag, u si schwäbt gäng no uf Wulche. Aber o i de höchere Sphäre cha me's nid ungässe. Bim Zmorge verdrückt si no di letschti Speiche vo ihrem Redlibrot. Es isch scho zim-li düür, dasmal probiert si de es anders. Ds Outöli mues wider drahi, si wott i ds Dorf z Märit.
Si het gärn Märit. Wo si no het Schuel gha, het si's

sälte chönne yrichte, aber sit si nümm schaffet, geit si hin u wider ufe Wuchemärit, oder mängisch chly ane grössere, uf Langnou oder uf Burdlef.
Aber so ne französische Märit isch scho no chly öppis anders. We si d Frou ir Beckerei richtig verstande het, isch hie umenand fasch jede Tag amen Ort Märit. Hüt itz äben im Dorf. Es isch feiechly e Chilbi. Schue u Hüet u Chleider wärden aabotte, e Bude mit allergattig Flohmäritgrümpel fählt soweni wi ne Chachelistand. Vor däm blybt si stah u bewunderet das formschöne Provencegschiir. Härzigi, buuchigi Suppeschüsseli hei si, mit verschnörklete Hänkle und eme elegante Chnopf uf em Dechel. Si sy dunkelbruun glasiert, uf eir Syte platze glänzigi Chegelen us ihrer stachlige Schale, uf der andere Syte isch mit schwungvolle Buechstaben öppis gschribe. Poubelle de table. Es würd se gluschte, eis z choufe, aber was i aller Wält isch e Poubelle? Si cha doch nid ire Poubelle Suppen aarichte, we si nid weis, was das isch. Vermuetlech es äxtra Schüsseli für ne Spezialität.
Gmüesständ het's e ganzi Zylete, Fleisch u Chäs verchoufe si i chlyne Laschtwägeli, wo men e Sytewand cha abeklappe. Si chouft en ändlosi, fingerdünni Wurscht. Es algerisches Produkt syg das, seit der Händler u wott ere no sibe wyteri exquisiti Delikatessen aadrääje. Bim Fromager fragt si, öb si ächt sächs ganz chlyni, verschideni Schnäfeli dörft ha. Er söll eren öppis zämestelle, vor dere Vilfalt syg si hilflos. Natürlech macht er das, so ne charmanti Dame cha vo

ihm alls ha. Si wöll nume Chäs, lachet si, süsch syg si verseh. Nächär reicht si no nes meterigs Stangebrot i der Beckerei u lat sech vo der Madame der Märitfahrplan ufschrybe. E Charte mues si no ha, süsch verfahrt si sech gwüss einisch i däm Gnuusch vo Strässli u Wägli. Sobald me d Küschte nümm grad i Griffneechi het, wird's schwirig. Di Räbbärge mit de mutze, bruune Stöck gseh all glych uus, und eis Mimosewäldli isch wi ds andere.
Bis nätt zue der, Elisabeth Charlotte! dänkt si u leischtet sech e grosse Busch roti Rose. Es het ganzi Arflete, u choschte tüe si e Bruchteil vo däm, wo si deheim müesst zale.
Der Mistral het allwäg einisch en Usnahm gmacht u numen ei Tag blase. Es isch hilb u d Sunne schynt. Am Namittag macht si e längi Wanderig i de Felse, der Hund im Schlepp, gäng zäh Meter hindedry. Si tuet nüt derglyche u lat ne mache, vilicht zahmet er de vo sälber.

D Tage vergö glychmässig. Schlafe, choche, paar Usflüügli i d Höger ufe oder der Küschte nah, paar Märitbsueche – jedesmal früschi Rose – u gäng wider ds Meer u der Hund, wo sy Fluchtdistanz langsam verchürzt. Einisch list si im Garte ds Holz zäme, wo der Mistral abegmacht het, der Tag druuf reicht si ir Wärchstatt es Saageli, verchlyneret, was z läng isch, u bygt's uf d Terrasse a d Sunne. Zwöimal e Spaziergang übere Bärg, am Troumhuus verby. Ds Outo steit der-

vor, süsch merkt si nie es Läbeszeiche. Einisch geit si mit eme riisige Rosebouquet zur Aline Kermeul. Zwo mordio Dogge wei se frässe, aber d Madame chunnt z schiesse wi zumene Rohr uus u tschäderet sen aa, bis si d Schwänz ychlemme u sech verzie. D Aline überschlat sech fasch vor Fröid; d Lilo mues ihri Wonig im Gärtnerhuus u der Park bewundere u nächär starche Tee schlüdere u warte, bis der Monsieur heichunnt.
Är isch e chlynere, undersetzte Mändel mit eme gwaltige Schnouz u läbigen Öigli. Es Béret voren undefinierbare Farb hanget ihm schreeg uf der Glatze. Es Schlitzohr, dänkt d Lilo, won er se düre Landsitz vo sym Chef füert. Er tuet grad, wi wenn är der Eigetümer wär, u böögget sech uuf wi ne Chrott uf eme Tütschi. Derby wär eigetlech kei Grund zum Blagiere, findet si, das sogenannte Schloss isch e düschteri Höli, Plüsch u Samet, abgschossen u verstoubt. E Fall für ds Atelier Seiler! fahrt ere düre Chopf. D Aline suuret umenand u schnäderet Löcher i d Luft. Si wei d Lilo unbedingt zum Znacht dabhalte, aber si isch halb sturm vom Lose u seit, si heig Chopfweh.

Rots Garn

Si läbt so vor sech häre, ei Tag umen ander, längwylig isch's ere nid, Ufregends gscheht nüt.
Und ei Morge isch es schlagartig uus mit der Rue. Si weis nid wie u werum, es isch wi nes Erwache us eme schöne Troum. Si het der Vorsprung verlore, d Tatsache hei sen ygholt.
Frou Elisabeth Charlotte Günther-Grossebacher, es isch sowyt. Du chasch nid ewig d Ouge zämechlemme u derglyche tue, du sygsch eleini uf der Wält. Ussert dass de Knall uf Fall abghoue bisch, het sech nüt gänderet. Du stecksch ganz blöd i der Chlemmi, u mit Ferie mache u chly spaziere lösisch dä Chnüppel nid.

Am Morge nach der strube Ruflete het si nume no ei Gedanke gha: Nüt meh wüsse, nüt meh ghöre, niemer meh gseh, furt, sowyt wi müglech. Si het ghandlet wi ime Zwang, ohni vil z überlege. Zersch isch si zum Herr Wäber i Salon ga frage, öb sys Feriehuus läär syg, und öb si's paar Wuche chönnt miete. Im Winter syg nie öpper drinn, si chönn's ha bis wyt i Früelig yne. Nüt werum u wiso, das isch nid em Herr Wäber sy Art. Nächär het si ds Outo i ds Garage brunge, si söllen alls nacheluege, isch uf d Bank ga Gäld wächsle u het es Bygeli Travellerchecks gchouft. Druuf het si di pärsönlechi Poscht la umadrässiere, di fällige Rächnige zalt,

ds Outo greicht un isch hei ga packe. Em Rolf het si eröffnet, si ziei uus, si wüss no nid wi lang u säg nid wohäre. Si heig d Nase voll u wöll e Zytlang nüt meh wüsse. Er het's nid ärnscht gno u sys spöttische Grinse ufgsetzt. Nächär het si de Zwillinge telefoniert, nume churz, si gang e Cheer furt, si sölle sech keini Sorge mache, si löi de vo sech ghöre. Uf Diskussione het si sech nid ygla, si syg alt gnue, für sälber z wüsse, was si wöll. Der Monique het si nüt gseit. Si het ou mit ihre nid wölle worte, het chly gförchtet, der Schnuuf gang ere uus u si löi sech umstimme.
Tags druuf isch si gange. Si het ne gäng no vor Ouge, win er da gstanden isch. Unglöibig het er zuegluegt, wi si d Goferen usegschleipft het, bis zletscht het er gmeint, es syg alls nume Theater. Wo si adie gseit het und ygstigen isch, het er fassigslos füregstosse: «Du chasch doch nid eifach so druus u furt, ohni mi!»
«I cha, zell druuf!» het si gseit un isch abgfahre. Si het's ganz klar gseh: We si itz nahgit, het si für alli Zyte verspilt.

Eigetlech isch es sensationell gsi, dass er sech für dä Chlapf entschuldiget het. Das mues ne en unheimlechi Überwindig gchoschtet ha, das geit eren ersch itz uuf. Denn isch si nid i der Verfassig gsi, settigs z merke.
Aber itz het si der Verstand wider binenand, u drum geit si enandernah i ds Dorf u chouft zwo Aasichtscharte, eini füre Rolf, eini für d Zwillinge. Lang u sorgfältig list si uus, für ihn e Palmestrand mit Blick uf

ds Meer, für d Meitli es Märitbild. Si schrybt nid vil, nume fründtlechi Grüess u d Adrässe.
Das wär füren Ougeblick erlediget. Itz no d Monique. Das isch ihri einzigi richtigi Fründin, u si het sech nid vo re verabschidet. Si hei albe zäme Schuel gha, aber d Monique het vor ihre ufghört. Itz macht si no paar Stellverträttige. Der Kari het gwüssi Ähnlechkeite mit em Rolf, aber alls echly gmilderet. Si vercheere sit Jahre mitenand, es isch eine vo de rare Fäll bi befründeten Ehepaar, wo sech alli vieri guet verstö. Si weis nid, wi d Monique über di Sach dänkt, bi dene zwöine het me gäng ds Gfüel, si heigi nie Problem. Aber itz isch fertig mit Chopf-i-Sand-Stecke, das Telefon mues über Ort.
«Buecher!»
«Ja, u hie isch d Lilo.»
Pouse. – «Soso, di verlorni Tochter!» chunnt's ändtlech.«U wo bisch?»
«In Südfrankrych, i Herr Wäbers Feriehuus.»
«Grad derewäg! Säg einisch, was isch di eigetlech aacho, oder darf me das nid wüsse?»
«Es het mer eifach usghänkt, i ha's nümm usghalte. I chume nümm z Schlag mit em Rolf.»
«Weis i lengschte. Aber das heisst nid, dass me sech wäge däm grad mues i Luft uflöse.»
«I ha gmeint, es syg ds einzig Richtige. Itz bin i nümm ganz so sicher. Ds Schlimmen isch eifach, dass i mit niemerem ha chönne rede.»
«Verbindleche Dank!» – Es tönt zimli ungnädig.

«Ä, du weisch scho, was i meine. Ha das halt nie chönne, dä Seelestriptease. Aber es gieng vilicht mängisch scho ringer, we me nid gäng alls eleini müesst dürechätsche.»
Nach ere lengere Pouse seit d Monique entschlosse: «I chume. Bisch nächschti Wuche no dert?»
«Jä, chasch de eifach so dervo? Was seit de der Kari?»
«Aha, du meinsch also, nume du sygsch fähig zu so Nacht- u Näbelaktione. U wäg em Kari - mir rede no zäme!»
Päng. Ächt Monique. Ihri Schnällschüss hei e höchi Träfferquote.
Aber Bessers chönnt der Lilo gar nüt passiere. Mit der unbestächleche Monique di Sach z Bode rede, das isch es. Si wehrt sech also nid heftig gäge dä Vorschlag. Si mache ds Nötigschten ab. Öb der Rolf öppis dörf wüsse vo der Expedition? D Lilo weis nid rächt, was si söll säge. Si überlöi das ihre, meint si schliesslech.
Das Telefon git der Lilo wider chly Bode under d Füess. Es isch nid d Lösig, aber es isch öppis Gryfbars. Es düecht se, si schwaderi scho nümm ganz so orientierigslos i ihrem Ghürsch ume. D Monique isch en Art solids Brätt, un uf das schwümmt d Lilo itz zue. A däm cha si sech ha u luege, wodüre dass es wyter geit.

E warme Pullover chönnt si no bruuche. Im Dorf het si es Lädeli gseh, aber d Uswahl isch nid ganz nach ihrem Gschmack. Si chönnt ja sälber eine lisme, de gieng d Zyt ou ume. So Vorsätz mues me grad ver-

würkleche, süsch gö si under ds Ysch. Si bruucht Material u Wärchzüüg. Also los, en Abstächer i ds Géant Casino, dert überchunnt men alls.
Es isch e Riisesach, das Ychoufszäntrum. Lüt het das da, es gramslet nume so. D Wienachtsdekoratione hei si o no nid abgruumt. Gseht scho chly eigenartig uus; dusse guldig gälbi Mimosewälder vor em töifblaue Himel, dinne Rehli, Häsli, Zwärgli im verschneite Wald. Schneit's ächt hie überhoupt einisch?
D Lilo louft dene ändlose Gstell nache. Si het gar nid gwüsst, dass es das alls git. Chunnt nid druf aa, öb men es Znacht mit acht Gäng wott choche oder es Huus renoviere – hie cha me sech ydecke. Si chouft Wule, chnütschroti. We si scho revoluzget, ziet si's düre. Der Santimeter mues o rot sy, u Nadle nimmt si vo dene mit de rote Chnöpf. Tuesch chly chindele, Elisabeth Charlotte? Pfyffeglych, Houptsach, es tuet ere wohl. Si geit hei, litscht aa u lismet.

Was si früecher alls zämegnäädelet het! Hüt weis si gar nümm, wi si das alls het möge gmache. Dotzewys Pullovere u Jäggli für d Zwillinge, füre Rolf u für sich sälber. Nid nume freiwillig, es isch ou no chly e Gäldfrag gsi. Di sälbergmachte Sache hei ihres Budget entlaschtet. E Bekannti het es Lädeli gfüert u re albe ganz billigi Räschtewule chönne zueha. Eigetlech scho no schön, dass si itz nümm jedes Füfi mues umcheere. Di Lüt, wo säge, Gäld syg nid wichtig, hei allwäg eifach gnue dervo.

Der Rolf het die originelle Pullovere gärn aagleit, aber d Lismerei het ne närvös gmacht.
«Chasch itz nid einisch hocke u nüt mache? Muesch eigetlech pouselos güferet ha? Das ewige Chlefele schrysst mer no der letscht Närv uus!»
Für seie isch es nid emal e richtigi Arbeit gsi, fasch ender e Zytvertrib zur Entspannig, aber das het er nid la gälte. Da het si halt d Lismete versorget, wenn er heicho isch.
Merkwürdig, dass es de Zwillinge nie verleidet isch, tupfgenau glych aagleit desumezloufe. D Lilo het das nie gförderet. We si sech scho so starch glychi, dass me se fasch nid chönn usenandhalte, mües me's mit de Chleider ja nid unbedingt no understryche, het si gmeint. Schliesslech syg doch jedes en eigeti Pärsönlechkeit. Aber sobald si sech hei chönne wehre, hei si eifach gäng ds Glyche wölle. Ou unabhängig vonenand hei si gäng ds Glyche usegläse. Itz sy si zwänzgi gsi u zeige sech gäng no gärn i doppleter Uflag. Si sy vo jehär unzertrennlech gsi, di zwo, wi we si are unsichtbare Nabelschnuer würdi hange. Wo si i d Sekundarschuel cho sy, het se ds Los verschidene Klasse zuegwise. Si hei richtig hysterisch ta. I di blödi Lumpeschuel gangi si nid, we si nid emal näbenand chönni hocke. Alle Zuespruch het nüt abtreit. D Lilo isch du mit em Vorsteher ga rede. E vernünftige Maa. Sy einzigi Bedingig: Kei Unfueg wi Plätz oder Ufsätz tuusche u so Züüg. Si hei's fasch uf de Chnöi versproche u sech o dra ghalte, ohni si heigi's de so raffiniert

aagfange, dass es niemer gmerkt het. Gäbigi Meitli, das hei alli gseit. Keini Schuelproblem, keis Buebegstürm, das leschtige pubertäre Gigelialter vo andere hei si ussegla. Scho gly hei si beschlosse, Chindergärtnere z wärde, u das hei si o gmacht. Si hei's fertigbrunge, e Stell z ergattere, wo si chöi binand wohne, ire grössere Gmein im Ämmital. D Julia betröit der Chindergarte im Dorf, ds Gabi schaffet als Wanderchindergärtnere i dreine verschidene Ussegmeine. Öb di zwo einisch hürate? Die trybe bestimmt irgendwo Zwillingsbrüeder uuf. Bis itz hei si no alls düregsetzt, wo si sech vorgno hei. Vo wäm hei si ächt di Beharrlechkeit? Vom Rolf sicher nid, dä isch ja ewig uf der Suechi nach der ideale Stell. Was dä scho alls probiert het! Also, bim Christian Seiler isch er itz scho paar Jahr, das isch eigetlech wahr. Vil lenger als a allnen andere Ort. Drum het si's du o gwagt, mit der Schuel ufzhöre. Es isch ere eifach zvil worde, das Ghetz vo eim Tatort zum andere. Är isch sofort Füür u Flamme gsi, de heige si ändtlech öppis vonenand, u das bitzeli Huszins verdieni är mit der lingge Hand.
Dä günschtig Zins isch weis Gott nid sys Verdienscht. Für ds gwöhnleche Läbe isch si zueständig gsi, är het sech de ungstört syne Luftschlösser chönne widme. Mit däm, wo si bi Mueters Tod het chönne erbe, het si e schöne Schübel amortisiert u der Räschte a Schärme ta, als Notchnopf. Er stellt sech würklech guet bim Seiler, aber wi lang, das weis niemer. Plötzlech chunnt ne wider es Güegi aa. Scho eigenartig, wi guet di

Meitli mit em Vatter uschöme. Si hei nid vil von ihm. Är het vo Aafang aa jedi Glägeheit benützt, für mit syne hübsche Töchtere ds Rad z schla. Fasch jede Sunndigvormittag isch er mit ne ufe Cheer, u si het mit em Zmittag gwartet. Di zwo tüe ne vergöttere, no hüt. Vo der Lilo hei d Zwillinge ihri Ziilsträbigkeit allem aa o nid. Vilicht vo der Grossmueter, für die isch alls gäng so klar u eifach gsi. Die het gäng gwüsst, was me macht u was nid.

Fasch vier Wuche het si nüt vo sech la ghöre. Scho chly dick! Was macht er ächt afe? Dänk ds Läbe gniesse, was anders. Wi dä da änet em Strässli.
Ihre Hoger isch nid ganz eso verwaist, wi d Lilo am Aafang gmeint het. Paar vo de eltere Hüser sy bständig bewohnt. Ihri Nachbere sy es alts Ehepaar. Si suuret desume wi nes sturms Wäschpi, putzt u gartnet u isch tätig vom Morge bis am Abe. Mindischtens einisch im Tag seit sin ihm vom Donner nache wüescht, das häscheret albe! Aber är isch e Gmüetsathlet u luegt nid näbenume bi dene Usbrüch. D Lilo het ne no nie gseh wärche, das überlat er ihre. Zersch isch si mängisch ab eme komische Ruuschen erwachet, wo si sech nid het chönnen erkläre. Nächär het si du gmerkt, dass er jede Morge bi Sunnenufgang d Tube fueteret us ere grosse Bläächbüchse, dä Spinner. Zu Hunderte flüdere di hie umenand und mache eim halb verruckt mit ihrem Rugge. Die vermehre sech natürlech hemmigslos bi der üppige Choscht. Näbe de Tube schynt er nume eis

einzigs Inträsse z ha: Pétanque. Stundelang, unermüedlech schiesst er syni Chugle, dä mues für ne Wältmeischterschaft trainiere. D Lilo het sech d Regle la erkläre. So win är's zelebriert, isch Boule e Religion u keis Spil. Pünktlech jede Namittag am vieri sattlet er ds Töffli u fahrt em Dorf zue, d Chugle imene Druckli hinde druff. Er trifft sech mit paarne Pensionierte under de Platane, si het ne o scho gseh dert. Das isch alben e Radou uf däm Platz, we vier, füf Partie loufe. Pétanque als Läbensinhalt.
D Lilo het nid der Ydruck, dass di Uscheerete vo ihre so ärnscht gmeint sy, wi si töne. Es isch gloub meh e Gwanheit. Si hei sech arrangiert u bruuche das tägleche Ritual zu ihrem Glück. Seie störe si nüt. Si achtet sech däm Tschäder chuum meh, u a ds Klicke vo de Chugle het si sech o scho lang gwanet. Mängisch rede si paar Wort übere Haag, einisch het si der Garte dörfe ga luege. Uf dä isch si stolz, di Frou, het ou alle Grund. Er isch hinder em Huus, terrasseförmig aagleit, gschläcket u pützerlet. Im Summer mues er es grüens Paradies sy. Öb si denn no da isch, weis d Lilo nid. Mängisch meint si, das heig si es halbs Läbe lang gsuecht, di Rue, dä Fride, hie möcht si blybe. U handcheerum isch si de glych nume z Bsuech hie. E richtigi Ufgab müesst si sech de scho sueche, e rote Pullover isch keis Läbesziil. Si het scho e tolle Bitz, gseht guet uus. Numen äbe, für wär söll si guet usgseh, hie i der Einsamkeit? Bime Einsidler isch es ja würklech wurscht, was er für ne Gattig macht.

Begägnige

St. Tropez. D Lilo louft uf ds Gratwohl i di Richtig, wo si der Märit vermuetet. Ängi Gässli, Steihüser, nid ussergwöhnlech. Di Wältberüemtheit schynt zimli übertribe. Aber der Märit isch herrlech. Vom Marmorbrünneli über ds handbestickte Spitzegloschli bis zum fasch guldige Messingbettgstell git's hie alls. Der Chäshändler mit sym fahrbare Lädeli isch o da u winkt ere fründtlech zue. Si lat sech wider e Müschterliplatte zwägmache. U de halt ds Gmües. Me nimmt es Gschiir u packt y, was eim grad gluschtet. Öb hundertfüfzäh Gramm oder zwöieshalbs Kilo spilt kei Rolle, di Froue rächne das ire unwahrschynleche Gschwindigkeit uus. Zum Schluss gänggelet si no der unvermydlech Rosestruuss, roseroti u gälbi dasmal.
«Madame! Madame!» Es geit grad en Ougeblick, bis d Lilo merkt, dass si gmeint isch. Wär wett itz seie hie kenne!
Dezidiert stüüret d Aline uf se zue, i eir Hand schwänkt si e farbige Hudel. Wi die jedesmal e Fröid het, we si sech träffe! Si sy scho meh anenand aaglofe, u d Aline tuet albe, wi we si ihri beschti Fründin sit zäh Jahre zum erschtemal wider gsäch. D Lilo versteit sen itz afe chly besser, mues aber gäng no heillos ufpasse, dass si der Fade nid verlüürt. D Aline redt scho unheimlech tifig. Aber si isch e Gmögigi, u d Lilo

cheert bereitwillig um u stopfet no einisch de Ständ nache, bis disi der Chorb mit vil Palaver u Händverwärfe o gfüllt het. Si versuumt ja nüt u het o nüt dergäge, no imene Trottoircafé anes Tischli z höckle u chly z brichte.

Si het scho öppis Speziells a sech, d Frou Kermeul. Im Gäld schwümme tuet si nid, ihri Fähndli sy vom Billigschte. Aber wi si se kombiniert u drapiert, das isch einmalig. D Lilo chunnt sech chly bider u längwylig vor dernäbe. D Aline treit ihri Garderobe mit Eleganz, d Lilo het eifach Chleider anne.

Itz schlat d Frou Kermeul das farbige Tuech, wo si vori dermit gwunke het, mit Schwung um d Achsle u macht mit liechter Hand e Chnopf, wo usgseht wi vom Yves St.Laurent.

Öb si einisch dörf frage, werum si sövel lang eleini da abe i d Ferie chömm. Si syg doch ghürate, oder nid? Si wett natürlech nid ufdringlech sy, si heig nume so dänkt ...

D Lilo überleit zersch echly. Werum sött si re's eigetlech nid säge? Mit Verschwyge u Verstecke änderet si o nüt a der Sach. Derzue stah und ehrlech drüber rede wär vilicht ou e Müglechkeit, em Problem uf d Spur z cho.

Si heig chly Schwirigkeite mit ihrem Maa u syg drum e Zytlang von ihm furt, für z überlege, wi's söll wytergah.

D Aline nickt verständnisvoll. Ja, ja, di Manne. Si gieng mängisch ou am liebschte uuf u dervo.

Das gloubt ere d Lilo uf ds Wort. Si het sech o scho gfragt, wi so ne Frou uf dä Grobian het chönne ynegheie, dä isch gwüss nüt Rars. Eismal isch er vorgfahre u het grossspurig um ds Hüsli umepralaagget, win er mües cho luege, öb alls i der Ornig syg. Derby het er nume wölle cho zuecheschmöcke. Er isch ere härzlech unsympathisch.
D Aline het no nie gchlagt, aber vilicht vermuetet si i der Lilo e verwandti Seel; es überlouft plötzlech.
Er mues e furchtbare Typ sy, dä Kermeul, e richtige Tyrann. Är isch der Gröscht u d Frou nume der Tschumpel. Er schaffet nid gärn, derfür heltet er umso lieber. Mängisch weis si fasch nid, wo si ds Gäld söll härnäh für d Chind u d Hushaltig, er verputzt's mit Sufbrüeder u Froue. Si tät gärn öppis wärche, dass si sech chly besser chönnt cheere, aber we si mit däm chunnt, tuet er wi nes Unghüür. Offebar vertreit sech das nid mit sym Männlechkeitswahn. Das gieng ja am Änd no alls, meint d Aline, aber dass er se im Suff vermöbli u d Chind machi z förchte, dass si albe zu de Nachberslüt überespringi mitts i der Nacht, das halti si mängisch scho fasch nid uus.
Das isch e Zueversicht! U si lat sech nüt aamerke u schlückt u schlückt. Wo nimmt si nume d Chraft här? Öb si de niemer heig, wo si albeneinisch zue ne chönnt, we's ere zvil wärd?
Momol, si kenn scho Lüt, a däm fähli's nid, aber we si de wider zrugg müesst, wär alls no vil erger.
Het si de no nie ane Scheidig dänkt, we's doch nid

wott gah? Schlimmer hätt si's ömel sicher nid eleini. Scheide? D Aline macht chugelrundi Ouge. Das chömm überhoupt nid i Frag, das syg itz eifach eso u löi sech nid ändere. Itz het si's allwäg plötzlech chly ungärn. Si lächlet ömel verläge u seit, d Lilo söll's nid übelnäh, dass si se mit ihrne Sorge beläschtiget heig. Es syg halt grad echly mit ere düre, aber normalerwys wärd si scho sälber fertig mit ihrer «malédiction».
Malédiction? Heisst das nöie nid Fluech, Verwünschig? So eine cha allerdings zumene Fluech wärde. Wi di Frou das aanimmt, das cha eim scho imponiere. Mängi anderi lies sech gheie u fragti em Tüüfel nüt meh dernah. Aber d Aline streckt d Nasen use us der Misere u lat sech nid z Bode drücke. Dä Sürmel cha se zwar behandle wi nes Stück Dräck, aber ihri Sälbschtachtig bewahrt si sech dür alls düre. Vilicht isch es grad das, wo ne so reizt, dass sin ihm trotz allem überläge isch. Das mues er doch eifach merke, sövel vernaglet chan er doch nid sy.
So tüüscht me sech i de Lüt. Bim erschten Aaputsch het d Lilo d Aline als angfährts Wybervölchli aagluegt, no nätt, aber chly sturm u nid ganz ärnscht z näh. Und itz lat sech da langsam e Pärsönlechkeit a d Heiteri. Vilicht sött si chly zue ren i d Lehr.
Ja, ja, Elisabeth Charlotte, Lektion drü: Gib di nid mit em erschte Blick zfride, lüpf ds Vorhängli, we de wosch derhindergseh.
Dä Lehrsatz lies sech uf St. Tropez o grad aawände! dänkt si chly speter uf ihrem Bummel dür vertröimti

Gässli u romantischi Winkle. Si mues ihres Vorurteil revidiere. Isch das hie schön! Kei mondäne Zouber, nüt Blagöörizüügs, eifach es alts Fischerdorf im Winterschlaf. Di tüüre Boutique u Kitschlädeli sy am Hafe nide. Hie isch d Zyt stillgstande, hie rede d Steine u d Husmuure. Gsehts ächt i der Saison da hinden ou so idyllisch uus? Vilicht scho, hie mues me ja loufe über das ghögerige Pflaschter u d Stägli uuf. Mit Strassechrüzer u Stögelischue chäm me da nid wyt.
Nächär geit si a Hafe füre. Da isch es o schön. Es wyts Hafebecki, abgschlosse vore länge Muur mit eme chlyne Turm, e Halbkreis vo höche Hüser i bleiche Pastellfarbe. Jedem Maler mues da ds Härz ufgumpe. U z Südfrankrych wärd ja schynts jede Maler, o wenn er nüt dervo verstöi. Es gruppen öppe es Dotze uf ihrne Klappstüeli u probiere mit meh oder weniger Erfolg, di Stimmig uf em Papier feschtzhalte. Keine vo dene Helge macht d Lilo bsunders aa. We me ds Original grad so vor Ouge het, isch halt glych jede numen es Kunschtprodukt.
Im Summer wär's gloub weniger ihre Fall mit all dene halbblutten Aagäber. Guet, si stellt sech itz das eso vor. Gseh het si's ja no nie u cha's eigetlech gar nid wüsse. Vilicht isch o die Meinig es Vorurteil.
Paar Kähn buttelen a der Hafemuur, prächtigeri und eifacheri, mit und ohni Ufboute. Si het kei Ahnig dervo, was schwümmt, isch es Schiff. Chly näbenusse ligt e Wahnsinnschaschte, Mahagoni u Chromstahl hinden u vore. E livrierte Boy poliert aadächtig es Gländer.

Was mues ächt eine verdiene, dass er sech es settigs Renommierbocki cha leischte? Allwäg zimli vil meh als es eifältigs Lehrgotteli! dänkt d Lilo u stüüret eis vo de Hafewirtschäftli aa. Es het weni Gaschtig. Si suecht sech e Fänschterplatz u bstellt Gaffee u Gipfeli. Si cha vo hie uus der gröscht Teil vo der Hafepromenade überluege. Si tuet gärn Lüt beobachte u sech usdänke, was si machi, wohär si chömi u was si ächt grad dänki. Si isch so versunken i das Spil, dass si fasch zämefahrt, wo si aagredt wird.

«Erlauben Sie, dass ich mich zu Ihnen setze, gnädige Frau?» Schnäll e Kontrollblick: gross, mager, wysshaarig, nid unsympathisch.

Bitte, werum nid! Si ruumt ihres Bouquet ab em Tisch.

«Gestatten Sie, dass ich mich vorstelle: Harald Eduard Sigmund von Braunfels.»

Um der Gottswille! Aber me het nid vergäben es halbs Läbe lang Sälbschtbeherrschig güebt. Si dütet es hoheitsvolls Nicken aa u seit, ohni e Myne z verzie: «Sehr erfreut. Frau Elisabeth Charlotte Günther-Grossenbacher!»

U dermit isch scho fertig mit der ganze Fyrlechkeit. Der Harald Eduard Sigmund von Braunfels lachet lut usen u seit: «Ich gebe mich geschlagen und bitte um milde Beurteilung!»

Si mues o lache u fragt, was di Vorstelig z bedüte heig. Är nimmt Platz. Si mües doch zuegä, dass e settige monschtröse Name keis liechts Schicksal syg. Er heig jedefalls früecher zimli drunder glitte. Itz nenni er sech

Harry Braunfels, aber mängisch leischti er sech dä Gspass u stell sech mit em ganze Ratteschwanz vor, eifach für z luege, wi sech ds Gägenüber verhalti.
D Lilo cha da o paar Erfahrige bystüüre. Grad glücklech isch si nie gsi mit ihrem umständleche Name. Er isch äben e Kompromiss, u die sy meischtens chly schwärfällig. Ihre Vatter het synerzyt e Lisebeth wölle u d Mueter unbedingt es Lotti. Keis het wölle nahgä, da hei si sech uf Liselotte geiniget, aber der zueständig Zivilstandsbeamte het di Abchürzig nid aagno. Drum heisst si itz äbe Elisabeth Charlotte. Der Clou isch du gsi, dass ihri Eltere di Kombination plötzlech einmalig schön gfunde u steihert nume no so gseit hei. Wo si deheim uszogen isch, het si di Sach vereifacht. Sider heisst si Lilo. Nume we's ärnscht gilt, bruucht si öppe no di ganzi Zylete.
Was de der Ärnschtfall syg? Das vori heig er doch meh humoristisch ufgfasset.
Byschpilswys, we si sech mües i ds Gwüsse rede. Das hätt i itz nid sölle säge! dänkt si im glyche Momänt. Itz chunnt er de mit den üebleche Sprüch, das syg doch bi mir nid nötig, u so ähnleche Quatsch.
Ja äbe, mängisch syg so ne Standpouke i eigener Sach unumgänglech! meint er verständnisvoll.
Aha, also doch nid nume ganz gwöhnleche Durchschnitt. D Lilo fasset ne neecher i ds Oug: Schmals Gsicht, höchi Stirne, hälli, fasch graui Ouge, wysse Schnouz, sächzgi gsi. Guet gschalet, gstreifts Hemmli, dezänti Krawatte. Längi, schlanki Händ, kei Ring.

Di ganzi Erschynig het öppis vomene schöne Windhund, chly überzüchtet.
«Musterung beendet?» fragt er plötzlech mit eme spitzbüebische Zwinkere.
D Lilo überchunnt heissi Ohre. Hoffetlech het si nid z dütlech dänkt! Aber er geit elegant über ihri Verlägeheit ewäg. Si mües entschuldige, er syg nümm e Springinsfeld, wo tüei Damen aarede, aber er beobachti se itz scho mehreri Tag u heig der Versuechig nid chönne widerstah.
Beobachte? Aha, itz taget's. Der einsam Spaziergänger mit Huet u Stock. Si het sech nid so gachtet, aber hindedry chunnt's ere i Sinn, si het ne würklech fasch jede Tag amen Ort gseh luschtwandle.
«Verzeihen Sie meine Zudringlichkeit, und halten Sie meine unziemliche Neugier meinem vertrottelten Alter zugute, aber was tut eine hübsche, junge Frau tagelang mutterseelenallein am Wasser?»
Chly abgfärbt hei di Näme allwäg doch, er redt ömel zimli kramänzlet.
Öb der Strand eltere Here vorbehalte syg? I däm Fall mües si di entsprächendi Tafele überluegt ha. Also nei, grad derewäg schnippisch muesch nid tue, vorlöifig het er der no kei unaaständige Vorschlag gmacht!
«Verzeihen Sie meine plumpe Frage, ich wollte Sie nicht verletzen. Wünschen Sie, dass ich mich entferne?»
Wi dä redt! Richtig uf Stälze! Si luegt uuf – u begägnet dene merkwürdige, graue Ouge. Dä Blick kennt si

doch? Nid zämezellt, aber der Harald Eduard Sigmund von Braunfels luegt dry wi der Hund. Ydringlech, forschend isch dä Blick, di Ouge hei vil gseh.
Er söll entschuldige, si syg normalerwys nid so ruppig. Werum ne ihri Spaziergäng de so irritiert heigi? Är syg ja ou eleini underwägs.
«Die Spaziergänge nicht, nur Ihr Verhalten. Sie ringen die Hände und geben unverständliche Laute von sich. Sind Sie Schauspielerin, oder dichten Sie ein unsterbliches Meisterwerk in einer exotischen Sprache?»
Usgrächnet, u de no exotisch! Aber pynlech isch es scho chly, offebar het si heftiger mit sech sälber z Nüni zoge, als si gmeint het. Nume guet, versteit er nid bärndütsch.
Di exotischi Sprach syg ganz gwöhnlechs Bärndütsch, si chömm drum us der Schwyz, erklärt si. Aber si tüei weder dichte no theatere, nume mit sech sälber rede. Si chönn bim Loufe besser nachedänke. U we de itz fragsch, über was, de sägen i der i ds Gsicht, es gang di nüt aa! hänkt si i Gedanke no dra.
Bewegig chönn nie schade, meint er, weder em Körper no em Geischt.
Itz fat er se ehrlech aa intressiere. Einisch eine, wo nid dür ustschalpeti Glöis louft.
Er heig scho einisch probiert, sech i ihri Neechi z manöveriere, aber ihre gälb Höllehund heig ne grässlech aagruuret. Scho chly Höllehund. Si weis gäng no nid, was dä Baschter wott mit ere, er het se irgendwie adoptiert.

Wahrschynlech syg's e Wilde, meint der Herr Braunfels, dere gäb's hie huufeswys. Aber si söll froh sy um dä grimmig Begleiter, es syg für ne Frou nid ganz unproblematisch, stundelang einsami Wääge z gah. Es tryb sech ou usserhalb vo der Saison allergattig Gelichter desume.
Er isch scho no chly viktorianisch aaghuucht, der Harald Eduard Sigmund. Förcht der nüt, de gscheht der nüt! Aber es isch glych schön, we sech einisch öpper chly Gedanke macht um eim. O wenn er's vilicht nume seit, für chly Konversation z mache, nätt isch es einewäg. Bis itz isch si da no nid verwöhnt worde.
Si het nid Angscht, cha scho zue sech luege, aber a das struppige Untier het si sech itz de bal gwanet, si würd ne wahrhaftig vermisse, wenn er einisch nid uf se warteti.
«Er wird jeden in Fetzen reissen, der Ihnen zu nahe kommt!» prophezeit der Herr Braunfels.
Es isch richtig gmüetlech. D Zyt vergeit im Schnuuss, si trinke Gaffee u knabberen eis Gipfeli um ds andere. Er isch nid hie i de Ferie, er läbt hie. Nach em zwöite Härzinfarkt het er sech us em Gschäft zruggzoge. Er isch itz scho füf Jahr danide und pflegt sys Stäckepfärd, d Gschichtsforschig. Pflegt sys Stäckepfärd! Gwöhnlechi Lüt läse historischi Schinke. Es lächeret se nid emal, si registriert's nume. Es passt eifach alls zäme. Irgend e höchgstellti dütschfranzösischi Pärsönlechkeit us grauer Vorzyt intressiert ne, dere schnüfflet

er itz nache. Wi ordinär, er verfolget ihri Spure mit der Absicht, einisch e fundierti Biographie usezgä. Im Summer, übere gröscht Rummel, geit er albe zwe Monet hei. Er chunnt us der Pfalz, het dert mit sym Brueder e Wyboufirma betribe, itz isch er nume no stille Teilhaber. E Wyhändler! Si hätt ender e Diplomat im Ruehestand oder e Hochschuelprofässer hinder ihm vermuetet. Nid dass si öppis gäge Wyhändler hätt, das scho nid, aber er gseht eifach nid so praktisch uus. Er isch uf ne altmödischi Art höflech u zuvorkommend, si chunnt sech ganz koschtbar vor. Sälbverständlech zalt er alls – si macht nid emal der Versuech z reklamiere, wär richtig stillos – und äbeso sälbverständlech treit er ihri Ychöif zum Outo, ladet y u verabschidet sech mit ere liechte Verböigig. Er isch wahrschynlech scho chly verschrobe, aber nätt, richtig härzig. Wenn itz der Gutschner mit der Equipage würd vorfahre u der Herr Graf chäm cho abhole, das düechti se gar nüt anders. Aber der Herr Graf wartet nid uf ne Gutsche, er stygt ine dunkelgraue Mercedes, oberi Prysklass, mit Franzosenummero.

Das Wylädeli schynt ja e rächti Dividände abzwärfe. Das isch dä Merz, wo albe vor ihrem Troumhuus steit. Si schüttlet der Chopf. Eine eleini gloubt's gar nid. Der reinscht Kitschroman!

Gschliffnigs u Ungschliffnigs

Deheime weis si nüt Rächts mit sech aazfa, zum erschte Mal, sit si hie isch. Ds Zmittag vercholderet si, ma nid choche, sowiso scho vil z spät. Der Krimer us Herr Wäbers Büechergstell wanderet churzum wider uf ds Regal zrugg, si cha sech nid konzentriere. Si isch so zwaschplig, mues öppis Handfeschts undernäh. Schliesslech reicht si Fuchsschwanz u Bieli us der Budigg u fat aa, di düüre Mimosestäcke us em Hag usezschrysse. Si het Üebig mit settigem. Der Rolf kümmeret sech nume denn ume Garte, wenn er amene hilbe Summeraabe cha der guet ufgleitnig Gaschtgäber spile. Das macht er souverän, das isch z säge! Alls macht er souverän, Stärnehagel, ömel bi frömde Lüte. Grimmig rupft si amene bsunders widerspänschtige Chnebel. Si het gly feiechly en Aschthuuffe zwäg zum Vertrome. Afe guet, si het scho paar Tag nümm chönne füüre. Für was ächt füüre? Für mueterseeleneleini vor em Cheminée z hocke und i d Gluet z gränne?
Ihri Seelerue isch z grächtem futsch. D Erliechterig nach em geschterige Telefon mit der Monique het nid lang dargha, u d Aline het se dä Morge ersch rächt verunsicheret. Eigetlech sött si sech schäme, wehlydig z tue, we si a d Frou Kermeul dänkt. Aber äbe, dass es anderi, no vil Schlimmeri git, macht der Rolf keis Brösmeli besser.

Wi d Aline das ushaltet, isch ere schleierhaft. Si hätt lengschte der Blind gno.
Du hesch ja, du Sturm! U was het's der gnützt? Bisch no genau glych wyt, nume nuuschisch itz hie i dym Ghürsch ume statt deheime.
U de der Harald Eduard Sigmund. Was si itz a däm Maa mues umestudiere! Isch er ächt eleini, oder git's no irgendwo e Frou Braunfels? Aba, das wird d Frou Günther-Grossebacher weni aagah. Aber es isch glych verruckt, wi di Wält ungrächt yteilt isch. Di einte hei alls, di andere nüt, u beidi sy nid zfride. U die, wo so zwüschinne sy, chöme ersch rächt nid z Schlag. Der Herr Braunfels git ere scho z dänke. Dä het sicher no nie e Frou gchläpft, dä nid! Wi wosch das wüsse, du Totsch, kennsch ne ja gar nid! Er isch dänk ou nid gäng so wohltemperiert und abgeklärt gsi. Vilicht isch er ganz e wilde Kärli gsi früecher u het ersch im Alter gstillet. Im Alter! Grad e Gritti isch er würklech no nid. Eifach nid ganz vo dere Wält, aber e feine Mönsch, sympathisch, aagnäm u fynfüelig, eine für – für was eigetlech? Spinnsch? Vilicht isch er e Hochstapler, e Hüratsschwindler, e Mafiaboss? U wenn ou. Was geit di dä Wyhändler aa.
Ulydig schiesst si ds Wärchzüüg uf d Terrasse ufe u reicht d Windjagge. Si mues a ds Meer, das hilft vilicht.
Der Hund isch scho zwäg. Di vorwurfsvollen Ouge! Wo bisch so lang gsi? Warte scho en Ewigkeit!
«Ja, ja, bisch e brave Badi.»

Er wycht chly uus, wo si näb ihm dürelouft, nächär tschalpet er hindedry. Der Abstand isch wider chly chürzer worde. Er chunnt de scho, nume Geduld. Wenigschtens mit eme Hund ma si gfahre, gäng sövel. Si hätt gärn eine gha, e richtige, grosse Hund, nid nume so ne motorisierte Fluumer. Am Aafang i der chlyne Wonig wär's ja nid gange, aber wo si i ds Huus züglet sy, hätte si sauft Platz gha mit däm grosse Garte. Aber der Rolf het abgwunke. Vil z umständlech, vil z unbequem, we me jedesmal öpper müesst sueche zum Hüete, we si z Bärg wölle. U de d Zwillinge. U der Spannteppich. U d Bluemebandeli. Und überhoupt. Si het nahgä. Wi gäng. Glitte het si nid under däm Verzicht, es hei ja vil Lüt kei Hund u stärbe nid dranne. Si hätt eifach Fröid gha amene Fidel. D Meitli ou. Die hei sech du mit Meersöili tröschtet, e richtigi Zucht hei si e Zytlang gha. E gchruslete Bock hei si gmeschtet, bis er fasch so gross isch gsi wi ne Chüngel. Das isch denn e Sach gsi mit däm Jöggu. Der erscht Gang nach em Zmorge – zum Jöggu, vor em Zmittag – zum Jöggu, nach der Schuel – scho wider zum Jöggu, u nach em Znacht no grad einisch. Nie mit lääre Händ. D Lilo het nume müesse luege, dass si ne nid no i ds Bett näh. Der Rolf hätt öppis gwüsst! Nach paarne Monet het der Jöggu das Wohlläbe nümm möge verlyde u d Scheichli gstreckt. D Träne sy i Ströme gflosse, ds Gabi het zwe Tag nüt gässe u d Julia het e schwarze Lätsch ume Rossschwanz wölle. Bis der Rolf ghässelet het, si sölle nid so nes Affetheater uffüere wäge re alte Meersou. Derby isch der Jöggu d Sensation vom Quartier gsi, ds gröschte Meersöili wyt u breit. Fasch all Tag sy Chind under irgend eme Vorwand verbycho, für das Wundertier cho z luege, u hei hungerigi Ouge gmacht vor em Stall.

Affetheater! Immerhin het du der Rolf di zwöi Hüüffeli Eländ entschädiget, uf sy Art. Si söll ne no nüt säge, es syg en Überraschig! het er bim Zmorge mit sym verschmitzte Buebelächle gchüschelet. Er chouf ne e Hund, heig scho eine im Oug, absolut problemlos, suber u rüejig. Si heig ja o scho glyret wäg eim. D Lilo isch ganz platt gsi u het sech di Sinnesänderig nid chönne erkläre. Aber gfröit het si sech. Bis am Aabe. Der Rolf isch scho da gsi, wo si vo der Schuel isch heicho, d Meitli no nid. Verschwörerisch het er der Finger uf d Lippe gleit. Si söll lysli mache, der Hund syg ganz erschöpft vo der Reis u lig im Schlafzimmer uf em Bett. Uf em Bett. Wäg em Meersöili het er albe fasch Zueständ übercho, we si's es ungrads Mal hei ynegno! Der Schlag het se fasch troffe, wo si d Tür hübscheli ufgmacht und ynegluegt het. En usgwachsne Bärnhardiner het sen aagluegt, regigslos, riisig.

Gang nume zueche, er bysst nid! het der Rolf gflötet. Ersch, wo si neecher isch, het si gmerkt, dass es e Spilzüüghund isch, tüüschend nachegmacht, wi ächt. Das Vych mues es Vermöge gchoschtet ha, aber für settigs het ne ds Gäld nie gröit, no hüt nid. Si het glych glachet, o we si's chly gemein gfunde het. Der Rolf het sech köschtlech amüsiert. D Chind sy natürlech total

ab em Chötteli cho, u der Vatter isch wider einisch der Hirsch gsi.
Si het's dännegsteckt, wi vil anders, aber so gar nüt gmacht het's ere schynt's doch nid, süsch chäm das itz nid alls obsi. Itz chätschet si a settige Chlynigkeite u het doch gmeint, si stöi über däm Blödsinn. Halt nume gmeint. Si louft der Wasserlinie nache, wycht mechanisch de Wällen uus u dänkt u dänkt. Der Hund ruuret. Si luegt ume. Bis itz het si no nie e Lut von ihm ghört. Ganz wyt unden ufe reicht er di Tön, er stellt d Haar u lat d Zähn füre. Nid gäge seie, gäge ds Stägli. Der Herr Braunfels steit dert, luegt echly kläglech dry u lüpft hilflos d Achsle.
«Häb di still, grad übertrybe muesch de o nid!» seit si u geit übere. Der Hund luegt ere ufmerksam zue, zuckt mit em Lampiohr u wädelet churz mit sym komische Schwanz. Itz cheert er sech u louft ere nache.
«Herrschaft, bisch du es intelligänts Tier. Du begryfsch der Sachverhalt no ei Cheer. Im Fall, dass i überhoupt no einisch heigah, nime di mit!» schwört d Lilo.
Si isch würklech nid dahäre cho, für sech mit ihm z träffe, ehrlech. Aber wenn er itz scho da isch, cha si nid guet derglyche tue, si gsei ne nid. Wär ja blöd. Unhöflech. Zickig. Hochnäsig.
«Ohne Ihren Cerberus sind Sie wohl nie anzutreffen?»
Er söll ja nie öppis gäge das Bijou säge, sövel guet syg si i ihrem Läbe no nie behüetet worde.
«Origineller Name!» seit der Herr Braunfels.
Name? Aha, er meint, si säg ihm Bijou. No witzig.

Also guet, vo hüt aa heisst er Bijou, das Schmuckstück. Müglech, dass er es koschtbars Juwel isch, nume ungschliffe. Es bruucht äben es gschuelets Oug für derigs. Wi bi däm Aahänger mit de Rohdiamante, wo re der Rolf zum zwänzgischte Hochzytstag ufe Zmorgetisch gleit het. Di Steine gseh o nach nüt uus, wi fyns Grien. Aber i Gschmacksfrage isch är zueständig, u si isch o gäng guet gfahre, we si uf ne glost het. Das git si zue. Ussert bi der Frisur. Die gfallt ere, die passt ere, die lat si sech vo niemerem meh usrede. Punkt. Si mues se scho gly ga la nacheschnyde. Das wärde si z Frankrych wohl o chönne.
Es ergit sech ganz zwanglos, dass si zäme chly uf der Strass hin u härpromeniere. Es isch o wyters nüt derby, dass si hüt übere Hoger heigeit, so amene schöne Aabe. Är sälbverständlech voraa, der Heer vor der Dame, er kennt der Knigge. U we me de no zumene Gaffee yglade wird, wär absäge gwüss chly vil verlangt. Diräkt e Zuemuetig. Si vergwunderet schliesslech scho lang fasch wäge däm Huus.
Es haltet inne, was es vo usse verspricht. Unufdringlechi Eleganz, Möbel, Teppiche, Vorhäng, Bilder alls vom Beschte, aber ersch ufe zwöit Blick. Wänd voll Büecher. Der Blick uf ds Meer use – unbeschryblech. D Lilo gspürt ds Härz fasch im Hals obe, si het no nie so ne schöni Wonig gseh. Hie chönnt si's o ushalte.
Ihre Maa wär begeischteret vo der Yrichtig, är syg Innenarchitekt, e gschickte.
Werum seit si itz das?

De syg er härzlech zure Besichtigung yglade. Es syg alls sys Wärk, und er stell sech gärn em Urteil vom Fachmaa. Si syg eleini da! macht si nume druuf.
Da seit är ou nüt meh dervo.
Si wüsse anders z brichte. Vom merkwürdige Zouber vo däm Land, wo eim yfat, öb me wott oder nid. Vo de Umwältsünde, wo sy begange worde u gäng no passiere, u vo Umdänke isch no wyt u breit nüt z merke. Vo sym guete Husgeischt, wo jede Tag zwo Stund chunnt u zu Huus u Garte luegt, halb Ängel, halb Drach. U plötzlech isch es stockfyschter, u der Herr Braunfels cha's nid verantworte, d Lilo eleini heizlaa. Der Hund het sech lengschte pfääit.
Dunde vor der Hustür ziet er es Päckeli us der Buese. Öb sin ihm würd d Fröid erwyse, di Chlynigkeit aaznäh. Es syg nüt Wichtigs, eifach e bescheideni Dankesbezügig für das nätte Plouderstündli.
Wi dä wider umständlech redt! Vori isch er doch no ganz normal gsi. Nu ja, «sä, da hesch!» chan er nid guet säge. Wi macht das überhoupt e Falle, we si's nimmt? Gueti Frou, das hättisch der früecher söllen überlege, hesch es ja scho i der Hand. Und är louft bereits der Wääg uuf mit sym eigenartig abzirklete Gang. Gstabelig wär ds lätze Wort, eifach so – so – isch ja glych. Er louft, win er redt, anders als anderi.
Es nimmt se natürlech wunder, u si bsinnt sech nid lang u packt uus. Es Taschebüechli, «Liselotte von der Pfalz, Briefe.» Liselotte, sinnig, sinnig! U de no Pfalz! Si het o scho vore ghört, vo der pfälzische Prinzässin,

wo me zwunge het, ihres Läbe am Hof vom Sunnechünig z verbringe. Im Seminar isch si einisch uf ds Tapet cho, si heig unzähligi Briefe gschribe vo höchem historischem Wärt, u das wär's de o scho. Meh weis si nid vore, gläse het si nie öppis. Nu, de cha si dermit der hinechtig Aabe ztod schla.
Jä halt, het er itz nöie nid verzellt, sys Studienobjäkt syg en intressanti Frou? U dütschfranzösisch wär si ou. Wi söll si ächt das Presänt uffasse? Dänk am gschydschte so, win er gseit het, als chlyni Ufmerksamkeit. Momänt, Momänt! Si isch ja dobe di ganz Zyt um nen ume gsi, wenn het er's de eigetlech zwäggmacht? Zum Gaffeechoche? Hätt nid glängt, sövel akkurat u sorgfältig, wi das ypackt isch. Dä mues das vorhär parat gmacht ha, tuusig, tuusig! Ach was, si ma nümm wärweise. Si chochet sech itz no hurti öppis znacht, nächär macht si es gmüetlechs Füür u list no ne Rundi. Mischt! Ds Holz isch no verusse. Das isch so ne Tag, win es se mängisch git, wurmstichig vo dert bis änenume.

Toti u Läbigi

Si schlaft guet u lang, isch ja ou der ganz Tag uf de Beine gsi. Und am Morge gseht mängs wider anders uus, u me weis bal nümm, werum me sech so het la umtrybe. Hüt wird zersch das Holz verrangschiert, u nachär cha me ja de luege. Übermorn chunnt d Monique, di zwe Tag wird si no überstah. Itz fröit si sech wider uf dä Bsuech, si isch doch afen e Wätterfahne!
D Lilo isch scho paarmal amene unschynbare Wäägwyser verbygfahre, Gassin steit druffe. Das mues das Näschtli sy, wo me dert obe gseht am Felse chläbe. Si het dä Name scho ghört, aber wenn u wo? Si het einisch gläse, der Gérard Philippe syg imene Dörfli oberhalb St. Tropez begrabe. De isch es das. De ligt dä dert obe.
Der Gérard Philippe, eine vo ihrne Jugendtröim. Si het syner Filme sicher fasch alli gseh. Isch das e hübsche Maa gsi, der Rolf het öppis von ihm. Vilicht het dä Teenagerschwarm ou no chly ghulfe, dass si so uf ne gflogen isch. Er gseht ja gäng no uus wi ne Filmstar. Isch ächt der Gérard Philippe o so blond gsi wi der Rolf? Si weis es nid emal. Schaad, het er sövel jung müesse stärbe. Chräbs. Si weis no, win es se möge het, wo si gmerkt het, dass si e tote Schauspiler aahimlet. Aber i ihrer Erinnerig läbt er wyter als strahlende Held. Vilicht hätt er itz e Buuch und e Glatze.

Si chönnt ja schnäll ufefahre, we si fertig isch mit ihrer Schyterbygi. We si dranne isch, mit ihrer Vergangeheit ufzruume, cha si ja däm verblichene Idol guet o no grad d Referänz erwyse, geit im glyche zue.
Es geit rächt obsi, das änge Strässli. I vilne Kurve windet es sech düre Wald uuf. Immergrüeni Korkeiche, Pinie, Mimose. Ändtlech linggs e längi Muur, es Gittertor, e Kapälle. Aha, hie wär er itz allwäg. Chly wyter oben e Parkplatz, läär, derhinder höchi Husmuure, stotzigi Wägli, steinigi Stägli. Das Dörfli isch der Wunschtroum vo jedem Maler oder Fotograf. Es isch no malerischer als St. Tropez hindenusse. Si louft ufen und abe, dür schmali Schlüüf, under Böge dür. Über nes Müürli luegt es Böimli mit ryffe Mandarine dranne. Us jedem Spalt wachst e Struuch oder e Stude, i jedem Eggeli, uf jedem Absätzli steit es Häfeli mit eme Granium, eme Kaktus oder eme Efeu. Uf eme Bödeli het's öppe zwänzg Töpf i allne Grössine mit Oleander, Lorbeer, Rose u allem Mügleche. E grüeni Loube mitts im Winter. Es Müeti schööselet e Chatz, uf eme Bänkli strecke zwee i Hosetreger, offnige Hemmli u schwarze Bérets d Bei wyt vo sech u blinzle i d Sunne. Süsch gseht si niemer. Gassin schlaft. D Hüser machen es Hefti wi Hüener uf der Stange. Si drücke sech ganz naach anenand, dass müglechscht vil Platz hei. Us eme Wirtschäftli ghört si's waschle. Si hätt o Durscht, aber si ma nid yne. Chäm sech blöd vor, so yzdringe. E Frömdi under Yheimische, dänk sowiso luter Manne. Ä-ä, es isch ne z gönne, dass si wenigschtens im Win-

ter chly under sich sy. Das mues hie ja wimmle i der Saison. Oder vilicht isch's de Lüte z abgläge. Si gseht süsch weder Beizli no Läde, oder si heigi de alli zue. Es einzigs Souvenirlädeli het offe bim Parkplatz vore. Kei Mönsch isch ume. De luegt si halt afe chly, wird de wohl öpper cho. Z Gassin cha me würklech nid jufle, hie louft d Zyt nach eme eigete Määs. Weni Kitsch, nüt made in Hongkong. Ganzi Regal voll Gleser, mit Akazie-, Lavändel-, Blüete- u Waldhungg, Konfitüre, kandierti Frücht. Imene Egge paar Rolle gmüschterlete Provencestoff, grüen, gälb, blau, rot. Wär luschtig für Chuchivorhäng oder für nes wyts Jupe. Dernäbe sy unzähligi Chrippefigure us Keramik, Santons heisse si gloub, farbig aagmale, die grössere hei Stoffchleider. Jedi Figur verkörperet e Bruef oder e bestimmte Typ, Müller und Metzger, d Arlésienne, d Frou mit den Eier, d Frou mit em Gmües. Vo der chlynschte Sorte list si zwöimal viere use, für d Zwillinge, u stellt se ufe Ladetisch. Es chunnt gäng no niemer. Zhinderscht het's no es Gstell mit Gschiir, Provencetöpferei. Täller mit barocke Ränder, buuchigi Häfe, kelchförmigi Tassli. U da sy ou ihri Suppeschüsseli mit de Chegele, grad äberächt für zwo Pärsone, luter Poubelles. Si weis gäng no nid, was e Poubelle isch, aber choufe tuet si itz so oder so eini. Si gfallt ere u gseht schnusig uus. Itz lat sech öpper füre. E jüngeri Frou, chly verchutzet, mit verschlafenen Ouge. Si ginet usgibig und ungschiniert, bevor si grüesst.
Öb's hie gäng so still syg? fragt d Lilo.

Am Sunndig syg nie vil los im Winter. Sunndig! U si het derewäg gholzet! Aber we me so i Tag yneläbt, chunnt eim der Zytbegriff plötzlech abhande. Es isch de öppe nache, dass si Ornig macht mit ihrem Glyr. Komisch, dass d Läde hie offe sy am Sunndig. Aber gäbig, si het ömel o scho Brot greicht. A teilnen Orte isch sogar Märit.
Und itz zum Fridhof, für das isch si ja cho. Ds Tor isch einisch gstriche gsi, aber es isch scho lang sider. Es chlemmt u rugget, wi we's wett abwehre: Nüt nüt, du bisch z früech, dy Zyt isch no nid abgloffe!
E merkwürdige Fridhof. Ihre deheim isch prächtig aagsetzt, tadellos pflegt, es grüenet u blüeit vom früeche Früelig bis spät i Herbscht. Nid numen uf de Greber, o drumume. Der Pfarrer het eismal gmeckeret, das syg scho fasch e Kult mit dene Aalage u Bluemerabatte, e Fridhof syg schliesslech kei Kurpark. Der Fridhofgärtner het's i lätz Hals übercho u nen aagschnaulet: Er söll für d Lüt sorge, solang si läbi, we si under em Bode syge, lueg är de scho zue ne, u zwar uf sy Gattig.
Der Lilo gfallt ihre Fridhof. Es isch ömel nüt dernäbe, we me de Tote chly Ehr aatuet u luegt, dass ihri Umgäbig nach öppis usgseht. Früecher het me ja de Fridhöf mängisch Rosegarte gseit. Si geit no vil ufe, het o zwöi Greber dert. U si trifft o gäng wider Lüt, wo niemer dobe hei, wo eifach chöme, wül's so schön isch.
Hie isch es deprimierend, e troschtlosi Steiwüeschti mit einzelne farbige Tüpf. Weni Greber sy aapflanzet,

wi si sech gwanet isch. Zwöi, drü myggerigi Rosestöckli sy öppe druff. Uf däm steinige Bode wachst nüt Rächts. Di meischte Greber sy gmuureti, viereggigi Chäschte, mit ere schwäre Steiplatte druffe, Marmor bi de Nöblere. Für di Gwöhnleche tuet's Beton. Es het o Familiegreber, halbi Hüser, mit Granit verchleidet, vornachen es Tööri wi bimene Schaft. Teil ganz fürnäm, mit Ängle, Lilie, Palmbletter u guldige Buechstabe. Nachdänklech louft d Lilo dene Reie nache. Chalt isch es hie, tötelig, da möcht si nid lige. Komisch, dass der Gérard Philippe usgrächnet hie het härewölle.
Äbe ja, das Grab. Dä Fridhof isch gross, erstuunlech gross für so nes Näschtli, si mues mit Syschtem derhinder. Si fat zoberscht aa u chlopfet ei Zylete nach der anderen ab. Es mues öppis Grössers sy, grad am Hungertuech wird er nid gchätschet ha.
We me de besser luegt, verlüürt sech der Ydruck vo Lieblosigkeit echly. Pflanze het's weni, Blueme scho gar nid, es isch äbe o hie Winter. Si vergisst's gärn echly, dunde bi ihrem Hüsli über d Strass blüeit es ganzes Bort voll Efeugranium. Aber d Räbe hei keis Loub, u ds Gras isch mutz. U si weis ja weni, wi's hie im Summer isch, vilicht so heiss, dass alls verdooret. Jedefalls hei di Lüt da d Lösig gfunde. Gschiirblueme! Absolut naturgetreu nachegmachti Blueme us Keramik. Veieli, Stüfmüeterli, Lilie, Rose, Meierysli blüeie hie fridlech binenand, Chränz, Bouquets, Einzelstück. Mängisch hei si no ne kunschtvoll töpferete Lätsch oder es Band oder e Buechsyte mit eme letschte

Gruess oder eme Spruch. Solidi Ruschtig, o uf de eltere Greber isch das Züüg nüt abgschosse. Das mues e richtigi Industrie sy, uf teilne Grabplatte stö zäh u meh fo dene Gebinde, unbekümmeret farbig, fröhlech kitschig. Blueme gienge ja no, aber es het o Gmües, Bluemechööli, Peperoni, e Schale mit Frücht. Und ihre Schwarm, was het er ächt uf em Grab, Louch u Spargle? Si het ne no nid gfunde, u frage cha si niemer.
Di jungi, schwarzaagleiti Frou dert äne isch so versunke, so unbeweglech, dass si se nid ma störe. Es Meiteli isch by re, öppe zwöiehalbjährig. Es springt dür d Wägli, gogeret uf de Platten ume, versteckerlet i de Nische vo de Familiegrüft, lachet u plöiderlet wi nes Buech. D Mueter lat's mache. Werum ou nid, die, wo da lige, sy o einisch umegumpet. U störe wird es se nid heftig. Si steit lang dert, di Frou, wi ne schwarzi Süüle. Itz louft si langsam gäge ds Tor füre, ds Meiteli hopset nache u chrääit. D Lilo list Name um Name. Itz chunnt si zu däm Grab, wo di Frou vori dervor gstanden isch. Es Chindergrebli. Michel steit druff, süsch nüt.
Ihres Buebli het Tobias gheisse, es isch nume zäh Monet alt worde. Wäg em Tobias hei si ghürate, hätte wahrschynlech süsch ou, nume nid so gly. Ihre Start i ds gmeinsame Läbe isch nid eifach gsi. Zersch das überstürzte Hochzyt, beidi jung, dumm und unerfahre. Wi me äbe denn isch gsi mit zwöi-dreiezwänzgi. Bständig knapp a Gäld; d Lilo isch jedesmal froh gsi, we's glängt het bis Änds Monet. Ihri Eltere hei uf stur

gschaltet, si hälfi nüt. Heige si sech di Sach ybrochet, sölle si se nume ou sälber uslöffle. Syni Eltere hei gar nüt gha für z gä. Aber si hei ne offeriert, by ne z wohne, bis ds Gröbschte düre syg. Das het der Rolf um kei Prys wölle, er heig Gstürm u Zanggereie gnue ghört für syr Läbtig. E Kolleg von ihm het ne du e günschtigi Wonig chönne zueha, drü winzigi Zimmerli, ohni Bad, aber Aasprüch hei si sech nid chönne erloube. U bevor si chly sy zäme gwanet gsi, es Chind. Er isch e härzige Fäger gsi, der Tobias, di beidersytige Grosseltere hei ne fasch gfrässe. Der Rolf isch schier näbe de Schue gloffe vor Stolz. Er het sogar der Chindswage gstosse, was denn no chuum e Maa gmacht het. Goumet het em Rolf sy Mueter. D Lilo hätt d Schuel nid chönnen ufgä, si sy bitterübel aagwise gsi uf ihre Lohn. U nächär dä Schlag. Am Morge no puurlimunter, am Aabe Durchfall u fasch vierzg Grad Fieber. Der Dokter het am Telefon gseit, si sölle sech abrege, chlyni Chind heige schnäll höch Fieber. Er chömm de am Morge verby. Das lies si sech hüt nümm gfalle.
Si hei keis Oug zueta, der Tobias isch bachnass gsi, het gchychet u gwimmeret. Am Morge het er einevierzg Grad gha. Das het du em Dokter Bei gmacht, mit Blauliecht u Sirene sy si mit ihm uf Bärn. Der Tobias het scho uf em Transport Suurstoff bruucht, aber es het nüt meh gnützt. Er het no e Wuche gläbt, aber ds Hirneli het scho der glych Tag nüt meh reagiert. Si hei nächär Dokter gwächslet, hei keis Zuetroue meh gha zuen ihm. Är hätt vilicht am Aabe vorhär o scho nüt meh

chönne mache, aber me hätt sech de wenigschtens nid müesse säge, me heig öppis versuumt.
Masere. E harmlosi Chrankheit, we si usbricht. Bim Tobias isch si nid usbroche. Di Bazille hei sech im Hirni ygnischtet. Chunnt ganz sälte vor.
Es isch i de Herbschtferie passiert, vierzäh Tag speter het si mit zämebissne Zähn d Schuel wider ufgno. Di unbekümmerete Frage vo de Chind, di mitleidige Blikke vo de Kolleginne, di stumme Vorwürf vo de Grosseltere hei re bimene Haar der Boge gä. U derzue no em Rolf sy Absturz. Er het aafa mämmele. Mänge Monet isch er fasch jeden Aabe spät heicho, gäng gstüberet. Si het mängisch gmeint, itz gang's nümm, itz klapp si zäme. Der Mönsch ma meh verlyde, als er gloubt.
Si hei nie drüber gredt, keis einzigs Mal. Si het nie der Muet ufbrunge, dervo aazfa, het ihm's nid no wölle schwärer mache. Är het o nie öppis gseit. Öppis sövel Dumms! Hüt cha si das nümm begryffe. Denn hei si e Chance verschänkt. Itz isch es z spät, alti Wunden ufrysse het kei Sinn.
Es ziet ere hüt no d Oberlippe zäme, si gspürt no hüt yschchalti Schweiströpf uf der Nase, we si a dä Momänt dänkt, wo ne's der Dokter gseit het. Das vergisst me nie. D Träne chöme re nümm bi derige Gedanke. Es isch ja meh weder zwänzg Jahr här. Aber der Schmärz isch no da, ganz schwach nume, aber er isch no da.
Der Rolf het sech mit der Zyt wider ufgfange, aber chly öppis Liederlechs isch ihm blibe. Oder vilicht het

er's scho gäng gha, u si het's nume nid gmerkt. Gly einisch hei sech du d Zwillinge aagmäldet u ne drüber ewägghulfe.

Was eim alls düre Chopf geit so vor eme Grebli.

We si nume einisch drüber gredt hätte, wenigschtens einisch! U der Gérard Philippe het si o no nid gfunde. Dä mues anonym bestattet worde sy. Überhoupt, was söll si mit eme frömde Grab. Si läbt. Jawohl, si läbt, u das isch schön. Trotz allem.

Ds Glück i eim sälber

Deheim schleipft si der Ligistuel a d Sunne u list im Buech vom Herr Braunfels. Er het rächt, e hochintressanti Frou, di Liselotte von der Pfalz. Ihre Vatter het se gäge ihre Wille mit em Brueder vom Sunnechünig verkupplet. Er het sech vo däm Chuehandel erhoffet, di landhungerige französische Truppe machi de e Bogen um d Pfalz. Verhüratet mit eme charakterlose Lump het sech d Liselotte bis i ds höchen Alter ihri Ehrlechkeit u Gradlinigkeit gägen alli Intrige, Lugine, Bosheite u Verlümdige chönne bewahre. Ihre Maa isch absichtlech zum haltlose Schwächling erzoge worde, dass er gar nie e Konkurränz zu sym übermächtige Brueder het chönne sy. Ihres erschte Chind hei di chünigliche Quacksalber ztod kurpfuschet, di zwöi andere sy gäge d Mueter ufgwieglet u ähnlech zwäggreiset worde wi der Vatter. Si het e Hofstaat vo hundert Pärsone gha z erhalte, ohni eigets Gäld. Das het ihre Maa ygsacket u mit allergattig Pack verputzt. Der Chünig het se zytewys höch gschetzt und ere albeneinisch öppis la zuecho. Das het o nid grad zu ihrer Beliebtheit bytreit bi der Hofclique. Es isch ere würklech es Läbe lang himellingg gange. Ds Deprimierende isch, dass das erzwungene Opfer total für d Chatz gsi isch. Em Chünig syni Truppe hei ihri Heimat trotz de synerzytige Versprächige überfalle, usplünderet, verwüeschtet.

Und alls i ihrem Name. Aber si isch nid i d Chnöi, ihri Aaständigkeit u Luterkeit hei si re mit aller Gwalt nid chönne kabuttmache. Si het zum Byspil ihre Maa gäng wider i Schutz gno und ehrlech um ne truuret, won er gstorben isch.

Us dene Briefe spricht es mönschlechs Format, wo sech d Lilo chlyn u schäbig vorchunnt dernäbe. Ei Stell trifft se mitts i ds Läbige: Wer sein Glück nicht in sich selbst finden kann, wird es unnötigerweise anderswo suchen. Das isch es. Frou Elisabeth Charlotte Günther-Grossebacher, du hesch der ybildet, du chönnisch vor dyne Problem flie, aber si sy der nachecho. Du chasch nid vor dir sälber dervorenne, du nimmsch di gäng mit, ganz glych, wo de häregeisch. Lektion vier.

Kei aagnämi Erkenntnis. Mit sech sälber i ds Reine cho, das wär's, u vo däm Idealzuestand bisch no wyt, wyt ewäg.

Es isch ere nid ulieb, dass si i ihrne Grübeleie gstört wird. So töif i sech abetouche isch e schmärzhafti Sach.

Es grosses Outo chunnt cho der Stutz uuf z brummle, kurvet schwungvoll um ds Hüsli u het still.

D Aline. Ihre Maa isch ga Pétanque spile, u d Chind gö am Sunndig ou gärn ihrer eigete Wääge. Statt sech deheime eleini z längwyle, chunnt si cho luege, öb d Lilo Zyt u Luscht het uf ne Schwatz. U da bringt si no e Pizza, die isch zmittag fürblibe, d Lilo mues se nume ufwärme im Bachofe.

Si isch doch eifach e Härzchäfer, di Aline. Klar het d Lilo Luscht uf ne Schwatz, nie lieber weder itz!
Si gö zäme uf d Terrasse, tüe käfele u schnädere u lache – es isch herrlech.
Wenn einisch chly gwääget isch, geit's ringer. D Aline redt ganz ungezwunge über ihri Problem. Si jammeret nid, balget o nid über ihre Sürmel, si stellt eifach fescht. Seie het itz das Los troffe, und ihri Ufgab isch, dermit fertigzwärde. So eifach isch das.
D Lilo macht zwüschyne ou öppen e privati Bemerkig, aber si het dertdüre meh Müei. Wo d Aline wider vo ihrer «malédiction» redt, nimmt d Lilo ds Härz i beidi Händ u fragt grediuse, was si eigetlech dermit meini.
D Frou Kermeul luegt es Zytli uf ds Meer use. Nächär fat si aa verzelle, u d Lilo vernimmt e Gschicht, wi si se bis itz höchschtens vom Chino kennt, u de nid us de beschte Filme.
D Aline isch Mohammedanere, z Algier ufgwachse. Der Name Aline het si sech sälber zuegleit. Ihre richtig isch so kompliziert, dass sech dä hie niemer cha merke. Si isch di Zwöiti gsi, en eltere Brueder u zwo jüngeri Schwöschtere sy o no da gsi. Als ganz chlys Meiteli het si irgend es religiöses Tabu verletzt, öppis aagrüert oder aagluegt, wo si als Meitli nid hätt dörfe.
D Lilo versteit's nume der Spur nah, es geit ere z schnäll. D Aline het's nid us bösem Wille gmacht, si het's eifach nid besser gwüsst. Es het e schuderhafti Sach gä, aber das isch no alls nüt gsi. Unglücklecherwys isch ihre Brueder es Jahr speter bim Spile uf ds

Dach ufegstägeret u so ungfelig gstürzt, dass er ds Gnick broche het. Es isch furchtbar gsi, d Eltere hei fasch der Verstand verlore. Das cha d Lilo no begryffe, das nimmt eim nache. Aber was drufabe cho isch, geit über das uus, wo nes europäisches Hirni no verchraftet! D Aline het müesse tschuld sy am Tod vom Brueder, si heig das Unglück mit ihrer synerzytige Straftat herufbeschwore. D Mueter het se verfluecht, uf Läbzyte, u vo denn aa isch si der Sündebock gsi für alls. Si het schwär müesse schaffe, alle Dräck mache, ohni Anerchennig, für Schleg u bösi Wort. Ihri Schwöschtere sy i d Schuel gschickt worde, si als Verfluechti het müesse deheimblybe u sech vo der Mueter jedi Schikane la gfalle. Drum chönn si äbe nid läse. Das chüschelet si mit Verschwörerblick. Das wüss niemer.
D Lilo cha sech no grad rächtzytig zämenäh u hüüchlet Erstuune. A so öppis hätt si itz würklech nie dänkt. Si chönn doch outofahre, un uf em Märit heig men ömel o nüt gmerkt, dass si d Pryse nid chönnt läse.
D Aline strahlet. Si lehr äbe alls uswändig, seit si verschmitzt, u löi sech nüt aamerke. D Lilo syg itz ussert ihrem Maa di Einzigi, wo das wüssi. Dä chönn übrigens o nid, i sym Dorf heig's kei Schuel gha.
Werum lehre si's de nid itz no? Ömel für d Aline wär das kei Sach, sövel e schneidigi Frou. Es git ja Kurse für Erwachseni.
D Frou Kermeul schüttlet entschide der Chopf. Nenei, das wett si nie probiere, si müesst sech ja ztod schäme,

we si's de nid chönnt. Si syg sicher, dass das lätz usechäm, gägen e «malédiction» syg keis Chrut gwachse. Bi de Chind heig si derfür gsorget, dass si rächt gschuelet wärde, aber für seie syg das nüt.
Wenn si sech jedi Chlynigkeit mües ypräge, gäb das sicher nid weniger z tüe als sech d Buechstabe z merke! nimmt d Lilo no einisch en Aalouf.
Nenei, es isch ja nid schlimm eso u geit ganz guet. Und überhoupt het d Aline no gar nie öppis vo settige Kürs ghört. Das git's vilicht i der Schwyz, vo dert ghört me ja allerhand, aber z Frankrych sicher nid.
D Lilo mues sech rächt a d Halftere näh, für nid i d Luft z gah. Das isch ja fyschters Mittelalter! Aber abbringe cha si mit allne Überredigskünscht nüt a der Überzügig, das isch klar. Wenn öpper nid wott, nützt alls nüt. Drum seit si nume, d Aline söll itz wyter verzelle.
Das mues si nid zwöimal säge, d Frou Kermeul isch in Fahrt. E Bekannte vo ne het i der Stadt es Cabaret betribe, nüt Grosses, e Bar, zwe Musiker, es Büneli für Darbietige, so en Art Variété. Wo d Aline sächzähni isch gsi, het er se zue sech gno, het ere paar Tanzschritte bybrunge u se i sym Lokal beschäftiget. Si dänkt no hüt mit Dankbarkeit a ne, er isch gäng rächt gsi mit ere u het sen aaständig zalt. Aber ds Gäld het si deheim müessen ablifere, si isch wyter under der Knute vor Mueter gstande und i kei Schue yne guet gsi. Der einzig Uswääg isch e Hürat gsi. U wo du dä Kermeul isch aafa um sen umescharwänzle u re guldigi Bärge ver-

sproche het, isch si gly usbsunne gsi. Nume furt vo der Mueter!
Der Maa het du unbedingt über ds Meer wölle, het gmeint, er bring's z Frankrych wyter. Si het nüt dergäge gha, wi meh Wasser derzwüsche wi lieber. Und itz isch's halt, wi's isch, nid grad ds Paradies, aber d Mueter het wenigschtens nüt meh z säge. D Aline isch sider nie meh deheime gsi, si geit ou nümm.
Und itz mues si, wott e Bouillabaisse znacht mache. We d Lilo einisch gäbig Zyt het, söll si verbycho, si zeigt ere de , wi me en ächti südfranzösischi Fischsuppe chochet. U wäg isch si. A bientôt!
Tänzere. D Lilo verwunderet sech nid, es isch ere scho paarmal ufgfalle, wi sech d Aline bewegt. Da isch si nume so nes Trampeltier dernäbe. Nei, nid grad Trampeltier. Öppe en Achergoul näb eme Drässurpfärd. Oder es Fiatli näb eme Merz.
Komischi Zuefäll git das. Zersch di Liselotte von der Pfalz, itz no d Frou Kermeul. Beide het's nach Frankrych verschlage, beide het ds Schicksal übel tryschaaggет, u beide hei's uf ihri Art gmeischteret. Was es se gchoschtet het, wüsse nume si sälber. U de git's de no die, wo freiwillig uf das Frankrych gö, u hilft alls nüt. Si schleipfe e Ratteschwanz vo Chümmerli u Sörgeli hinder sech nache u hätte grad so guet chönne deheimblybe.
«Chumm, mir gö no ne Bitz wyt zäme! Im Ligistuel pflaatsche u Gaffee abelääre, git ou kei graziöse Gang!» seit si zum Hund. Chuum isch d Aline umen

Egge gsi, het er sech füregla. Itz hocket er dert äne, hänkt d Zungen use u wartet. Er beobachtet gäng no e Sicherheitsabstand, aber si cha sech itz scho bewege, chan ihm winke u mit ihm rede, ohni dass er grad verschwindet.

Es gäb unzähligi schöni Spaziergäng, aber d Lilo geit meischtens a ds Meer füre. Entweder gäge linggs, dür ds Felsewägli, oder gäge rächts, em Strand nah. Ds Meer isch es Wunderheilmittel. Macht alls so unwichtig. Schaad, dass si's nid cha heinäh.

Hüt geit's rächtsume. Der Harry Braunfels isch scho da, dä würd dänke, we si plötzlech vor ihm dervolief. Der Bijou tschottlet nache, ohni e Ton. E glehrige Kärli, einisch säge längt.

Der Herr Braunfels het ghoffet, dass si hüt wider chunnt. Er findet's so fridlech, mit ere z ploudere, bsunders itz, wo der Höllehund sy Abneigig offebar wott bezähme. Er macht sy Cheer jeden Aabe, stur und regelmässig. Nid mit grossem Vergnüege, er isch nie e begeischterete Sportler gsi u würd vil lieber dobe blybe u läse u schrybe. Aber sy Arzt het ihm der Tüüfel choleschwarz a d Wand gmale. Es geit ihm zwar guet, er füelt sech wohl, aber er weis, dass er nume no uf Kredit läbt. Grad mit Flyss wott er sys Konto nid überzie. Er gniesst di Zyt, won ihm no blybt, u möcht se nid muetwillig verchürze. Also marschiert er halt, em Härz zlieb. U wenn sech so ne attraktivi Müglechkeit bietet, sy Pflichtüebig chly z versüesse, cha me eme alte Maa nid übelnäh, wenn er se probiert z nutze.

Itz het dä o no di tiefsinnigi Viertelstund. Erschtens gseht er nid uus, wi wenn er scho mit eim Bei im Grab wär, u zwöitens gnüegelet's ere langsam. Git's hie nume Übermönsche, wo di gröschte Problem eihändig bodige?
Si geit nid uf ne y u fat aa, vo Gassin z verzelle u vo ihrer Suechi nach däm Grab. Si cha sech dä Misserfolg schlächt erkläre, si het ja fasch jede Stei umdrääit. Da chönnt me verschideni Ursache in Betracht zie, meint der Herr Braunfels u zwinkeret. Der ylüchtendscht Grund syg wahrschynlech, dass der Gérard Philippe z Ramatuelle beärdiget syg, im Dörfli uf em Felse wyter hinde. Dert syg er öppis wi ne Lokalheilige, ömel em Kult nah, wo me um ne zelebrieri. Si söll einisch ufe, es syg no fasch romantischer als Gassin. Ihm syg's z aasträngend, es gang ihm z fescht ufen und abe.
Das isch itz scho d Höchi! U derby isch si sövel sicher gsi, dass er dert isch.
Sicherheit gäb's keini im Läbe, seit der Herr Braunfels. Sicher syg nume der Ougeblick. Scho di nächschti Minute heig vilicht en Überraschig parat, wo alli wohlgeordnete Plän übere Huuffe rüeri. Är nähm's, wi's chömm, un er fahri guet mit däm Grundsatz.
Si wett, si chönnt das o säge. Aber ihre Bedarf a Läbenswysheite isch für hüt deckt. Sövel Abgeklärtheit der glych Tag cha de ou uf ds Gäder gah. Si seit adie u geit hei, ihri Pizza ga wärme.
I der Nacht runggguusset öppis. D Lilo tuet eis Oug uuf u luegt uf d Uhr. Halbi drü. Aha, d Sibeschläfer. Under

em Dach het's ere, si weis es vo der Aline. Zersch het si vermuetet, es sygi Marder, wo da jedi Nacht über ihrem Chopf rumore. Aber wiso heisse si de Sibeschläfer, we si mitts im Winter e settigi Chilbi mache? Vilicht sy's äbe glych Marder. Werum räble si de uf der Terrasse u nid überobe? Ach, das cha ihre doch schnorz sy, wo die umefotzle. Vilicht mache si e Betribsusflug. Si cheert sech uf disi Syte u schlaft wider y.

Geburtstag

Am Morge lat si's z grächtem tage. Es schüttet wi us Chüble, si verpasst nüt. Irgend einisch geit si hurti ga ds Öfeli aazündte, nächär schlüüft si wider i ds warme Huli. Si isch itz mängisch so schlapp, het kei Energie, cha sech zu nüt ufraffe. Das het si früecher nie kennt, het gar kei Zyt gha für settigi Aawandlige.
Si ghört der Räge uf ds Dach trümele, ghört's ruuschen im Grebli näb em Huus. Es louft u louft. Jede Tropf suecht sech e Wääg z dürab, em Meer zue. Bis er sech mit unzählige andere Tröpf vereiniget u sech verlüürt, wi we's ne nie gä hätt. Wi d Zyt. Die fliesst ou verby u het es einzigs Ziil: Ds unändleche Zytmeer, wo nüt meh isch als Rue u Stilli. Unmerklech verwandle sech d Rägetröpf i Tröpf us Zyt, u d Lilo gspürt se rünele u rünele, u die, wo verby sy, löse sech uuf u sy vergange. Ihri Zyt isch o drunder. Was macht d Zyt mit dir, we si a der verbystrycht, u du muesch es la gscheh u chasch se nid ufhalte? D Zyt kümmeret sech nid um das, was de machsch, si fliesst, und einisch nimmt si di mit. Aber der Lilo isch's gly nümm glych, das sy itz doch bal chly ungmüetlechi Gedanke. Si lyret sech us de Dechine u geit ga zmörgele. Es isch gäbig warm i der Stube, das Gasöfeli heizt guet. U nächär geit si uf d Lismete los, de hinderlat ihri Zyt wenigschtens hüt e Spur, u de no ne füürroti.

Hüt louft alls, ds Wasser, d Zyt, ds Garn über em Finger, ihri Gedanke – itz het si de churzum gnue vo däm Glöif. Am gschydschte, si louft o dervo. Si mues no ga ychoufe, isch fasch z Bode mit de Vorrät. U hinecht wird gfüüret, es nähm se doch Wunder, öb si sech nid e gmüetlechen Aabe cha yrichte.

Das git's doch nid! Unglöibig steit d Lilo uf der Terrasse u luegt di Bescheerig aa. D Helfti vo ihrer Holzbyge isch furt, eifach wäg. Himelstärnedonner abenandere! Das sy also di Sibeschläfer gsi letscht Nacht. Sibeschläfer, usgrächnet. Holzmarder! E settigi bodelosi Unverfroreheit! Was sy ächt das für uverschanti Hagle? Stäle re ds Holz under der Nase furt. Si schindtet d Finger a dene sperrige Bänggle, u ander Lüt wärme sech se dranne. We si wüsst, wär das isch gsi, die verwütschti es Fueder, si wär grad äberächt im Chutt. Em Tübeler dert äne trout si's nid zue, dä isch doch vil z bequem. U der Herr Braunfels wird wohl nid Holz stäle.

Si het e Töibi, am liebschte möcht si öppis verschla. Verbisse ruumt si der Räschte vo dene Rugle i d Stube u bygt se näbe der Tür uuf. U dernah bschliesst si u lat d Rolläden abe. So öppis passiert ere numen einisch.

Si louft i ds Dorf. E zwöiehalbstündige Marsch düre Räge chunnt ere grad gschliffe. Si chönnt möögge vor Wuet. Werum tuet si de nid, es ghört se ja niemer? Nei, usebrüele wott si doch lieber nid grad, si chäm sech glych chly komisch vor. Aber z Bode ha tuet si mit de Schue, dass ds Wasser uf all Syte sprützt. Tuet richtig

wohl, ihre Zorn i Dräck z stampfe. O ds Sprütze isch luschtig, da cha si chly vo däm nachehole, wo si als Chind versuumt het. Ihri Mueter wär zämefüessligen a d Dili ufe, we si so öppis gseh hätt. Das macht me nid. Momol, si macht's.
Däm seit me ne Regression, Elisabeth Charlotte, e Rückfall uf nen eigetlech überwundeni Entwickligsstuefe. Was hesch ächt süsch no alls verpasst? Gwüss nid nume sprütze.
Es ziet sech i ds Dorf, ihre Erger het fasch verrouchnet, bis si devoren isch. Aber e Fläschen Estandon chouft si itz einewäg, u hinecht macht si es Füür u gügelet es Glas, u wenn der Tüüfel uf de Stälze chunnt!
Er chunnt vermuetlech nid, si mues sech scho sälber vertöörle. Aber mit was? Ewig lisme cha men ömel nid. U glöiet het si itz de bal gnue. Langsam chunnt si sech sälber uf d Närve. Frou Günther, du bisch würklech afen e dummi Stürme. E ganze Monet hesch hie verlaueret un isch der nie längwylig gsi. De wirsch es bis morn am Aabe gwüss no ushalte. U we de scho grad vor ere Telefonkabine steisch, lütisch ändtlech einisch em Herr Wäber aa, e settigi Lengi nüt la vo sech ghöre, das isch also kei Manier.
Si lat's mängisch tschädere, aber es chunnt niemer. Wär ja diräkt es Wunder, wenn afen einisch öppis grateti. Jä nu, de also nid. Halt, hüt isch ja Mändig, de isch dä gar nid im Gschäft. Si mues i der Wonig probiere. Wo isch itz nume scho das Nummero, si nuuschet im Kaländer. Wär glych gäbig, we me ganz es gwöhn-

lechs Hirni hätt, eis für all Tag. Ihres spycheret di unmüglechschte Sache, di sibe Wältwunder, em Apollo syni Muse, d Sühn vom Erzvater Jakob – alls brotlosi Künscht. Aber es isch nid imstand, sech es simpels Telefonnummero z merke, nid emal eis, wo si flyssig bruucht. Das Schublädli fählt bi ihre eifach. Mol, da isch es, Weber, Coiffeur, priv.

Er nimmt sofort ab. Es tuet ere richtig wohl, sy rüejigi Stimm z ghöre. Öb si z Schlag chömm dert nide, öb si Problem heig? Nenei, es syg alls i der Ornig, si heig sech nume wider einisch wölle mälde. Dass er ou wüss, dass si no am Läbe syg. We's anders wär, hätt er's vermuetlech verno, meint der Herr Wäber. Wäg däm Holzfrävel mues er schier lache. Er heig halt nid erwartet, dass si däwäg wöll ga wüete, süsch hätt er se gwarnet. Gschyterets Holz syg gar beliebt, das überchömm sofort Flügel, we me's nid ysperi. Es heig ja praktisch i jedem Huus es Cheminée. Ergere lohni sech nid, di Holzstälerei syg dert nide fasch wi nes Spil. Si söll halt ou en Arflete vore frömde Byge näh, we si eini findi. Mit däm Gedanke cha si sech nid befründe, gstolen isch gstole. Es chömm chly ufe Standpunkt aa, seit er philosophisch.

«Aber itz mues nech öppis bychte, Frou Günther, we der's nid scho gmerkt heit. I ha vilicht öppis Dumms gmacht, aber das cha me halt meischtens ersch hindedry säge. Öie Maa weis, wo der syt.»

«Ja, allwäg scho, i han ihm vor paar Tag d Adrässe gschickt.»

«Ersch vor paar Tag? De het er also doch nüt gseit! Er het höch u tüür versproche, er undernähm nüt, aber i bi nid sicher gsi, öb er sech würklech dra haltet.»
D Lilo isch es einzigs Fragezeiche. Si lost nume.
«Es isch eso gange», fahrt der Herr Wäber wyter. «Churz nach öier Abreis bin i nach ere Sitzig no i Bäre ga nes Bier ha. Hocket der Herr Günther mueterseeleneleini hinder eme Bächer u macht e Lätsch, d Milch hätt chönne düregheie dervo. I bi zuen ihm a Tisch. Zersch het er eifach i ds Glas gstieret, aber nahdisnah isch er chly uftouet. Eis Wort het ds andere gä, u wi das äbe mängisch geit, i bi mit ihm hei. Er het no wöllen es Gaffee mache. Er het scho chly gha, un i ha dänkt, i gang gschyder mit ihm, gäb er z grächtem voll wärd. Er het mer richtig es Gaffee aagrichtet, tiptop het er das gmacht. Plötzlech het er ds Tassli abgstellt u gseit, ihm syg's hundsmiserabel. D Frou syg ihm ab, und er heig kei Ahnig, werum. Wäg ere nöie Frisur chönn's doch ere Frou, wi syni eini syg, nid eifach ushänke. I bi natürlech nid gfasst gsi uf dä Usbruch, ha ja nüt Neechers gwüsst. Derzue hei mer enand chuum kennt, würklech nume vom Gseh. Vilicht het's ne düecht, eme Frömde chönn er ds Härz no zersch usläääre. Er isch würklech imene erbärmleche Zuestand gsi, total verunsicheret und hilflos. Un er het ehrlech Angscht gha, es chönnt ech öppis passiert sy. Du bin i halt ynetschalpet u ha dummerwys gseit, er söll sech keini Sorge mache, öich gang's guet. Er het nümm Rue gä, bis er alls het us mer usegchutzelet gha, ou d

Adrässe. I ha mi lang gwehrt, aber er het mer der Gottswillen aagha u sibe heiligi Eide gschwore, er mach kei Gebruuch dervo, wenn er nume wüss, wo der syget. Er het mi eifach duuret.»
Duuret. So so.
Der Herr Wäber entschuldiget sech halbbatzig, si merkt scho, er findet di Gschicht nid ganz stuberein. Dänk männlechi Solidarität.
Er söll sech keis Gwüsse mache, seit si nume, gscheh syg gscheh, u der Rolf heig sys Verspräche ja ghalte. Druuf macht si Schluss u geit ga ychoufe.
Wott ga ychoufe. Am Mändig hei hie d Läde zue. Das isch würklech no grad ds Tüpfli uf em i. Aber si het ihri Wuet verbruucht, es geit zum andere.
Er het's also di ganzi Zyt gwüsst. U het nüt derglyche ta. Das isch diräkt unheimlech, vo dere Syte kennt si ne gar nid. Gedankeverlore louft si ds Dorf uuf. Vilicht het ds Casino offe. Wenigschtens Brot u Milch sött si ha.
Doch, im Casino überchunnt si, was si bruucht. Si nimmt nume ds Nötigschte, mues es ja heitrage, meh als e Stund wyt. Der Wy spart si uf morn. Morn am Aabe chunnt d Monique. Morn am Aabe.
D Lilo treit nid schwär a ihrer Täsche, aber dernäbe schleipft si feiechly es Bürdeli hei. Er het's di ganzi Zyt gwüsst. U se la mache. Si setzt Fuess vor Fuess, merkt fasch nid, wi si Kilometer um Kilometer zrugg-gleit. Er het se la mache.
Es isch öppis im Briefchaschte. Sie het hie no weni

Poscht übercho, es weis ja niemer, wo si isch. U si het usdrücklech gseit, si sölli nume Briefe nacheschicke. Aber das isch kei Brief. Es grosses, dick gfüeterets Couvert vom Atelier Seiler. Adrässe mit Schrybmaschine. Cha nume vo eim sy, es fahrt ere scho grad es bitzeli i d Chnoche. Ihri Händ zittere, si preicht ds Schlüsselloch fasch nid. Si mues sech zwinge, ihri Rägemontur ufzhänke u Schue z wächsle, bevor si das Couvert uftuet. Es viereggigs, dünns Päckli ziet si use, i Gschänkpapier mit Röseli yglyret.
Geburtstag! Si het ja hüt Geburtstag. Kei Gedanke het si a ihre füfevierzgischt verschwändet, het anders gnue gha z studiere. Aber der Rolf het dra dänkt. No nie het er e Geburtstag oder e Hochzytstag vergässe. Unschlüssig wäägt si das Päckli i der Hand. Es isch nid schwär. Bis itz het si meischtens Schmuck übercho, es äxtravagants Sydefoulard oder es tüürs Parfum. We si het gseit, er söll doch nid sövel Gäld usgä für settigs, het er nume glachet.
Klar, si het ja gluegt, dass der Chare louft, är het sech scho paar Spinnereie chönne leischte. Aber das isch kei Halschötti. Scho gschyder; si lat sech nid choufe. Nümm. Si ziet am Sydelätsch. Natürlech es Bändeli, gwüss nid numen es Schnüerli, der Rolf isch en Ästhet. Bi ihm het alls Stil, sogar d Verpackig. Oder vilicht vor allem d Verpackig. Er macht syni Päckli sälber, bruucht nie Chläbstreife, die störti der Gsamtydruck. Ds Röselipapier faltet sech schier vo sälber usenand, wo der Bändel wäg isch.

Si gloubt's nid. Si gloubt's eifach nid. Di Foto, wo si denn uf em Schilthorn von ihm gmacht het, suber grähmlet mit feschtem Karton, fertig zum Ufstelle. Er isch doch e Tuusigsdonner, het en Usschnittkopie la mache, nume der Chopf, dass d Schönheit besser zur Gältig chunnt. Wi lang het er ächt ds Negativ gsuecht für di Vergrösserig?
Hundsmiserabel. Grad eso gseht er uus. Er lachet us vollem Hals, si ghört's fasch. Er cha ganzi Tenorarie lache. Us den Ougewinkle zie sech paar Fältli i d Schläfen use, wi chlyni Fächere. Der Luft het ihm d Locken uf d Syten ume gwääit, si stö chly z Bärg, wi we si wetti dervoflüge. Der ganz Rolf wett am liebschte dervoflüge vor Läbesfröid. U de dä Blick. I bi zwar e Schnuderhund, aber unheimlech liebenswärt.
Nie hürati si eine mit blonde Chrusle u blauen Ouge, het si als jungs Totschli albe profoset, die sygen alli dümmlech und ybildet. U wo si ne ds erschte Mal gseh het, isch es gsi wi ne Blitzschlag. O Rolf, werum isch es nümm wi früecher, was hei mer glätzget? Es ziet ir Magegäged, breitet sech uus, wörgt sen im Hals, stygt ere heiss i d Ouge. Si wett's verchlemme, aber es isch stercher. Es fat aa loufen über d Backen ab, ds Bild verschwümmt, si mues es uf d Syte tue. Werum nume het er di Foto müesse schicke, usgrächnet die. U süsch nüt, keis einzigs Wort. Es isch so gemein, so gemein! Si gheit uf ene Stuel, leit der Chopf i d Arme u lat ihrem Eländ der Louf. Wi wenn e Schlöisen ufgeit, strömt's u strömt's und isch nid ufzhalte, bis ds Reser-

voir läär isch. Si weis nid, wi lang si vor sech häre hüület, es isch ere ou glych. Si wehrt sech nümm, lat eifach gscheh, was mues.
Wo si sech nach ere Ewigkeit ufrapplet und i ds Bad schlycht, isch si erschöpft und uspumpet, aber si het ds merkwürdige Gfüel, si syg innefür suber gwäsche. Si steckt der Chopf under d Dusche u lat ds chalte Wasser drüberaberünne, bis es ere der Haarbode zämeschrysst, dass si meint, ihre schwär Plouel syg nume no so gross wi ne Tennisballe. Si frottiert sech, föhnet d Haar, bis si usgseht wi ne Kaktus uf zwöine Bei, u nächär ligt si uf ds Bett. Si cha nid schlafe, ligt eifach u lost uf d Lääri in eren inn.
Gägen Aabe tuet es uuf. D Lilo het ds Bedürfnis nach früscher Luft u Wyti u geit no chly a ds Meer abe uf ihre Steichnüüre ga hocke. Ds Wasser isch no grau u schuumig, aber der Himel isch dranne, sech z putze, u d Sunne sticht wyss dür di verfotzlete Wulche. D Lilo cha nid luege, d Ouge tüe weh vo däm bländige Liecht. Si cheert der Chopf gäge d Felsen übere, d Pinie zeichne sech schwarz ab gägen Aabehimel. Keis läbigs Wäse, nume Meer u Himel u felsigi Bärge. Si isch müed, ihri Wade spanne vom 10km-Louf dä Morge. Aber di anderi Spannig, die, wo nid i de Muskle nischtet, die het sech glöst.
D Lilo gspürt d Rue u d Grosszügigkeit vo der Landschaft bis zinnerscht yne, Glasseheit u Fride erfülle se, si cha warte. Si weis no nid, uf was, aber es wird öppis cho. Es mues öppis cho.

Langsam mache sech Nessi u Chelti trotz dicker Jagge u wuligem Hosebode bemerkbar, u d Lilo steit uuf. Der Hund ou. Er isch scho nes Cheerli näb em Stei im Sand gläge, d Schnouzen uf de Pfote, u het mit der Lilo uf ds Meer usegluegt. Itz louft er mit ere der Wasserlinie nah, no gäng mit eme Sicherheitsabstand, aber uf glycher Höchi. «Gäll, mir zwee!» seit si zuen ihm, und är git eren e Blick us syne bruunen Ouge. Ja ja, mir zwee.

«Sie sehen etwas müde aus», meint der Herr Braunfels fürsorglech. «Fühlen Sie sich nicht wohl?»

Me syg nid gäng ufgleit für Walzer z tanze. Si heig hüt e Krise gha, aber itz gang's wider. Si cha das ganz sälbverständlech säge, ohni Hemmige.

Är kennt settigi Stimmige. Me cha nid vil dergäge mache, me sött ou nid. Si chöme, wenn si wei, u gö, we's Zyt isch, u si sy nid für nüt.

Si loufe zäme der Hoger uuf, si rede nid vil. Är bruucht der Schnuuf füre Stutz, u si mues nüt säge. Es isch es guets Schwyge, es Schwyge zwüsche Fründe.

Gaffee trinke u chly Musig lose wär vilicht aagmässe i ihrer bsundere Verfassig, seit er dobe vor em Huus. Oder öb se d Gägewart vomene Tattergreis bedrücki? Er fischet Kumplimänt, der Harald Eduard Sigmund. Si lächlet nume. Är lächlet ou, u di grauen Ouge hei dä speziell Luusbuebenusdruck, wo si beschtens kennt.

Tischdechi mit koschtbarer Lochstickerei, Richelieu heisst di Technik gloub, Zibelemuschtergschiir, ds ächte natürlech, u Flötequartett vom Mozart. Der Singlehrer im Seminar het einisch gseit, der Bach syg der gröscht Musiker vo allne Zyte gsi, der Mozart ds gröschte musikalische Genie. So bewusst het d Lilo allwäg no nie Musig glost. E Stund oder meh sitzt si imene damaschtüberzogene Fauteuil, trinkt albeneinisch e Schluck us em wyssblaue Tassli u nimmt di Kläng mit allne Fasere i sech uuf. Der Herr Braunfels isch o still, bewegt sech nume, für Gaffee nachezschänke, d Platte z cheere oder en anderi ufzlege. Speter brichte si no chly zäme, es isch fridlech. Der Herr Braunfels kennt sech uus i der Biographie vom Mozart, er fasset's gäng no nid, wi eine mit ere settige Läbesgschicht di Himelsmusig het chönne komponiere. Der Mozart het nie öppis usprobiert uf em Klavier u glost, wi's am beschte tät töne, er het eifach sys Härz wyt ufta u dä ganz Rychtum u di Heiterkeit la usefliessen uf ds Papier. Syni Partiture sy nach der erschte Niderschrift fixfertig gsi. Volländet. Füre Herr Braunfels isch di Musig fasch en Art Therapie. Wenn er mängisch chly en Egge het, lost er e Stund oder zwo Mozart u lat sech von ihm la drumumehälfe. Er zitiert der Arthur Rubinstein: Jede ärnschthaft Musiker chömm früecher oder speter uf de Chnöie zum Mozart z schnaagge. D Lilo gloubt's, dä Aabe isch so stimmig, so rund u vollkomme.

D Liselotte von der Pfalz hätt vilicht mängisch ou chly Mozart chönne bruuche, wenn es ne denn scho gä hätt, seit si versunne.

Wahrschynlech hätt si nid vil mit ihm chönnen aafa,

der mönschlech Kunschtverstand himpi der Zyt gäng hindernache, er flügi nie voruus. So chönn men ou d Grössi vo dere Frou ersch hüt würdige, us ere länge zytleche Distanz. Er tüei sen ufrichtig bewundere, aber wenn er i ihrer Zyt gläbt hätt, wär er vermuetlech so weni i der Lag gsi, di wunderbari Luterkeit vo ihrem Charakter z schetze, wi di ganzi damaligi Hofclique. Grossi Froue syge vo ihrer Zyt gäng gring gachtet worde, und a däm heig sech no nid vil gänderet. Mänge sogenannt bedütende Maa wär e klägleche Wicht ohni d Frou im Hintergrund. Aber di Gringschetzig syg nid usschliesslech de Manne aazlaschte, ömel hüt nümm. D Froue sälber sötte sech ärnscht näh u sech ihre Wärt bewusst mache, statt uf männlechi Anerchennig z hoffe. Di meischte Manne syge dert düre hilflosi Tröpf, är nähm sich sälber da nid uus.
D Lilo het das o scho dänkt, aber dass settigi Überlegige einisch vomene Maa aagstellt wärde, erstuunt se würklech. Aber es isch scho schön. Vilicht gub's no meh, wo so dänke, u si het nume no nie Glägeheit gha, se lehre z kenne. Oder no nie Glägeheit gsuecht, für ehrlech z sy. Ihri Vorstelig vo männlecher Dänkwys isch halt scho zimli vom Rolf prägt.
Wiso horschtet ächt der Herr Braunfels so ganz eleini uf sym Felse? Was si gmerkt het, mues eini umesy, won ihm putzt u gartnet. D Froue müessten ihm doch eigetlech under der Türschwelle ynegrabe. Aber si kennt ne ja nume flüchtig u weis nid, wi mänge Hund no verlochet isch byn ihm. Wo steckt ächt der Wurm

bim Harald Eduard Sigmund? Ihri Mueter het alben i settige Fäll gseit: Wenn er e Hungghafe wär, hätt ne lengschten eini usgschläcket.
Es wird wider spät, är wott mit ere abecho, aber si tolet's nid. Es isch ou nid nötig, der Hund ligt i der Yfahrt u wartet uf se. Bijou, mir mache Fortschritte, du und ig! dänkt si. Em Herr Braunfels isch es nid rächt, er isch no vo der alte Schuel.
D Lilo git sech e Ruck: «Ich will Ihnen etwas sagen. Heute ist mein Geburtstag. Es war ein absolut verpfuschter Tag. Nicht wegen der fünfundvierzig Jahre, die plagen mich nicht. Aus anderen Gründen. Aber der Abend war perfekt. Sie haben mir das feinste Geburtstagsgeschenk meines Lebens gemacht, ich danke Ihnen.»
U was macht er? E formvolländete Handkuss. Normalerwys würd es se lächere, aber hinecht isch es der einzig richtig Schlusspunkt.
Deheime macht si sech no hurti öppis Znacht u bringt ou em Hund sy täglechi Ration. Si fueteret ne scho lang regelmässig. Vilicht isch ihri Beziehig gar nid so romantisch, wi si sech ybildet het. Vilicht meint er gar nid seie, vilicht meint er ds Frässe. So syg's eso. Er wird nid der einzig sy, wo d Liebi praktischi Gründ het.
Nächär nimmt si ds Bild u luegt's aa. Es geit ohni Härzchlopfe u Träne. Er isch tatsächlech e hübsche Maa, als Schouspiler hätt er sicher Karriere gmacht, als strahlende Held. Ds Tragische wär weniger sys Fach.

«Weisch was», macht si zuen ihm, «i fasse my Entschluss sälbständig. I finde sälber use, was ds Richtigen isch, u la mi nümm beyflusse. Ou nid vo dir. Ou nid via Foto.» U si leit ne zunderobsi i ds Nachttischschublädli.

Si schlaft töif u fescht, ghört weder Marder no Luft no Tube. Ersch es chreftigs Chlopfe im spätere Vormittag reicht se wider zrugg i d Wält. Dänk d Frou Kermeul, si wott allwäg z Märit. Hüt isch Zyschtig, hüt isch niene Märit. D Lilo rybt sech d Ouge, der Chopf isch no schwär. Si het weni Üebig im Briegge. Si byschtet bim Ufstah, der geschterig Türgg halt.

Es isch nid d Aline. E junge Maa mit verwägenem Blick überreicht ere mit Schwung es ypackts Bouquet. «Pour vous, madame, félicitations, bonne chance!» Er zeigt schneewyssi Zähn. D Lilo isch überrumplet. Si ma nid gcho zfrage, was das söll, stygt er scho ines roschtigs Liferwägeli, e Kavaliersstart, dass ds Grien dervosprützt – mit Rouch u Gstank knatteret er der Hoger uuf u furt.

Da steit si mit ihrem Struuss. Bonne chance. Si schüttlet der Chopf, geit yne u nimmt ds Papier ab. En einzelne Orchideezweig, roserot, mit chly Grüen. Irgend öpperem spinnt's. Es Gschäft z St. Tropez, es steit uf em Papier. Es durchsichtigs Seckli hanget dranne mit eme Chärtli drinn. Ergebenst HaB. Wär isch HaB? Habegger? Si kennt doch kei Habegger, z St. Tropez scho gar nid. Braunfels! Harry Braunfels natürlech. Das passt zuen ihm. Me git nid grad äxtra höch aa,

aber was me macht, isch erschtklassig. Orchidee. Jeden andere hätt itz Rose gschickt. Är doch nid. Rose sy gfüelsmässig belaschtet, düte ine bestimmti Richtig. Me vermydet Missverständnis, me bringt niemer i Verlägeheit. Es isch ungloublech.
Er isch eifach e Schatz, es ganz rars Exemplar vo Maa, der Harald Eduard Sigmund. Aber settig Manne git's schlicht und eifach nid, irgendwo mues da ne Haagge sy. Genau das het si dänkt, wo si «Nur einen Seufzer lang» vo der Anne Philippe gläse het, der Abgesang vo der Witwe uf ihre Schouspilergemahl. Das Büechli het zimli e Würbel verursacht bim Erschyne. Zum erschte Mal isch öpper mit so mene Thema a d Öffentlechkeit. Truurarbeit vor Publikum. Der Lilo isch es ersch vor paar Jahr i d Finger cho, wo si ihre Jugendschwarm lengschte uf nes normals Format het reduziert gha. Es het ere's nid so ganz chönne, ihre Stil wär das nid. Es git Sache, wo so pärsönlech sy, dass si se mit niememrem wett teile. Es Büechli, wi si der Tod vo ihrem Tobias verwärchet het? Uf kei Fall.
Komisch, si het nie drüber nachedänkt, was us em Tobias worde wär, wenn er hätt dörfe läbe. Hüt hätt er d Regrutteschuel lengschtens hinder sech, wär vilicht scho ghürate. Wi wär er ächt usecho? Wi der Vatter? Nüt. Er blybt für gäng e zäh Monet alte Härzchäfer.
Der Gérard Philippe blybt ou ewig jung. Er cha nie alt u schäbig wärde. Dä überchäm itz d AHV, we's z Frankrych eini git. Wi der Harry Braunfels, dä isch ou öppen i däm Alter. Fertig itz, si het Gschyders z tüe.

D Monique isch sicher scho lang underwägs, u der Chüelschrank isch praktisch läär. Ds Outo mues hüt wider drahi, süsch chöi si zwo de hinecht am lääre Duume sugge. Si lat e chalti Fleischplatte zämestelle bim Metzger. De reicht si no Salat u Frücht u vergisst ou der Wy nid. Es isch si sauft derwärt, Gsundheit z mache, we d Monique einzig wägen ihre e settigi Reis uf sech nimmt.

Scho wider Poscht. Zwe Briefe, eine brüünlech, eine beige. Vo de Meitli natürlech, die hei ja itz ihri Adrässen ou. Si schrybe gäng beide, jedi äxtra, aber im Inhalt unterscheide sech di Briefe meischtens nid hert.

O Mutti,
das Allerallerallerbeste zum Geburi, und viele Müntschi. Hast Du es schön dort unten? Es ist nicht lustig, heimzukommen und Du bist weg. Vati ist gar nicht gut drauf. Er lässt sich zwar nichts anmerken, oder meint es wenigstens, aber es stinkt ihm gewaltig. Wie kannst Du nur! Einfach abzischen, und dabei wart Ihr immer so harmonisch. Du weisst ja sicher schon, was Du machst, aber es ist so traurig.

Viele Grüsse

Gabi

Liebe Mum,
wie geht es Dir in den Ferien? Hast Du schönes Wetter? Bei uns ist es kalt und hat viel Schnee. Ich will mich ja nicht einmischen, Du machst es auch nie, aber

wir verstehen Dich einfach nicht. Komm doch zurück, wenn Du kannst. Vati ist ganz down. Er lacht immer so laut.
Ich wünsche Dir alles Gute zum Geburtstag und schikke Dir viele liebe Grüsse

Julia

Feini Meitli, o we si zum Vatter hei. Ach Quatsch! Natürlech hei si zum Vatter, si het se ja sälber so ygspuret. Harmonisch. We sech ds einte gäng underziet!

Härz u Seel

Am Namittag ligt si ab, si gspürt di geschterigi Ufregig gäng no chly. Si schlaft nid richtig, dänkt ou nüt Bestimmts, paar Gedankefätze zie verby.
Allem aa isch si doch ygnickt, si fahrt ömel zäme, wo's verusse hornet.
Füfi. D Monique!
Si stygt grad us em Outo u strahlet über ds ganze Gsicht. «Di Fahrt, i säge dir, di Fahrt, i cha mi fasch nid erhole!» seit si zur Begrüessig. «I chumen us em töifschte Winter, höch Schnee u souchalt – u hie di Sunne, dä Himel, di Mimose, mi hout's fasch um.»
Wi die sech cha fröie. Es ploderet richtig us eren use. «I säge der eis, wenn i chönnt male, i wär no lang nid da, i hätt all paar Kilometer müesse stillha un es Aquarell probiere. I bi äxtra früech gfahre, dass i ou öppis gsei vo der Gäged u nid bi Nacht u Näbel aachömm. E gueti Idee, am Veveystutz isch eis Chaos gsi, gschliferig wi ne Hund, dert han i e Stund la lige. Nächär het's ghudlet bis fasch uf Lyon übere. Aber so vo Valence aa isch es gäng wi schöner worde, u weisch, dert bi Aix-en-Provence, wo d Outobahn di chrydige Felse verschnydt, i säge dir, vo dert aa han i's chuum meh usghalte, so schön isch das dert. Di Farbe vo dene Felse, roserot u lila, mängisch meh ockerfarbig oder chupferig – Gottfridstutz, werum han i nie glehrt male!

Tschou überhoupt, zeig, wi gsehsch uus? Gar nid so cheiben übel, di Frisur isch genau richtig, momol, gsehsch nid schlächt uus. Ha halbersch gförchtet, du sygsch itz es hohlwangigs Gspänscht i Sacktuech, mit Äschen uf em Chopf. Un itz han i e Hunger, i chönnt es Kamel frässe, hesch mer öppis zwüsche d Zähn? Ha nüt meh gha sit dä Morge, ha nume zwöimal e Brünzlihalt gmacht. Knapp zäh Stund han i bruucht, u nume wäge däm Gstürm am Gänfersee.»
«Du hesch e Dachschade», stellt d Lilo fescht, «kei vernünftige Mönsch macht öppis sövel Hirnverbrönnts. Zäh Stund anenand Outo fahre!»
«I bi kei vernünftige Mönsch, i bi ig.»
D Monique cha no bim Znacht nid höre schwärme.
«Di verschidene Bruuntön vo de Wybärge, dä roschtig Härd, di Dörfli u Stedtli – i säge dir, wenn i Gäld gnue hätt und unabhängig wär, chief i i der Provence e Hütte, u de chönnt mer d Wält i Huet gumpe. Aber i bi doch e Sturm, das hesch du ja alls sälber gseh, oder het's bi dir grägnet?» Nei, es het nid grägnet bi der Lilo, aber si isch ja änedüre gfahre, wül si so gleitig wi müglech a ds Meer het wölle.«Du mit dym Meer! Wenn i mi müesst für ds einte oder ds andere entschliesse, i tuuscheti d Provence nid gägen alli Meer vo der Wält.» Punkt. D Monique weis gäng ganz genau, was si wott.
«Wi lang chasch blybe?»
«Der Kari het mer e Wuche bewilliget, das heisst, gnau gno han i gar nid gfragt, eifach gseit, i gang e Wuche,

für weniger lohni sech d Fahrt nid. Es isch ihm gloub no glych, er isch gärn hin u wider chly für sich, Ferien vom Du, weisch. Und itz bin i müed u wär froh um nes Gliger. Für alls andere hei mer vo morn aa Zyt gnue.»
Das isch o so schön a der Monique, si macht nie Umwäägе. Vil Lüt möge das nid verlyde, si isch ne z diräkt. D Monique het nid nume Fründe. D Lilo het scho mängisch dänkt, wenn ihri Fründin zwöi, drü Jahrhundert früecher gläbt hätt, wär si als Häx verbrüelet worde u wahrschynlech uf em Schyterhuuffe glandet. U mänge hätt mit Vergnüege no ne Wedelen aagleit. U mängi. Es git o Froue, wo di Art nid vertrage, vor allem da di Vati-hinden-u-Vati-vore-Froue, wo wi ne Papagei nacheplappere, was ne der Maa vorchätschet, wo quasi numen us zwöiter Hand läbe. Isch d Lilo vilicht ou chly so eini gsi?
«Also, guet Nacht, morn chasch de du rede, we de wosch!» seit d Monique, stygt i ds Bett, stoferet no chly i de Lyntüecher ume u cheert sech gäge d Wand.

«Du, säg einisch, isch bi dir der Rychtum usbroche?» fragt d Monique bim Zmorge. «Es settigs Wagerad vo Rose mitts im Winter, geit's eigetlech no?»
«Das sy myni Märitrose. Gäng, wenn i z Märit gah, choufe mer so ne Buschle, die da sy vo St. Tropez. Si sy spottbillig hie im Verglych zu deheime, und i ha undereinisch ds Gfüel gha, i mües chly nätt sy zu mir sälber. Si schmöcke guet u sy so früsch u schön, eifach ganz anders als die deheime.»

«He, du, was isch mit dir?» fragt d Monique verwunderet. «Chumm aben ab dym roserote Wülchli, du bisch total vergeischtigt. Dass nid d Ouge verdrääisch vor Verzückig, isch grad no eis. Rose sy Rose.»
«Du begryfsch mi nid. Rose sy nid Rose. Die da sy öppis Bsunders für mi, es Symbol.»
«So, es Symbol für was?»
«I cha das nid so usdütsche. Eifach für ds Ussergwöhnleche, für my ganzi Situation.»
Der Monique isch das z höch. «I gseh ds einzige Ussergwöhnleche dranne, dass se hie choufsch, statt deheime. I will grad wette, die bi üs i de Läde chöme vom glychen Ort här. Französischi Trybhuusrose.»
«Mira wohl. I bringe jedesmal Rose hei vom Märit, ha scho drü Bouquet mitenand gha. I läbe wohl dranne.»
D Monique schüttlet der Chopf. «Sich sälber Rose choufe, das wär me itz no nie i Sinn cho. U di Orchidee, sy die ou vom Märit?»
«Nei, die han i zum Geburtstag übercho.»
«So, so.» Süsch seit si nüt. Nach eme Wyli fat si nöi aa: «Was machsch eigetlech hie?»
«Gartne, holze, füüre, ychoufe, choche, lisme –»
«Mach keni Böge, du weisch, was i meine.»
Klar weis si's. Aber so ne letschte Räschte vo Hemmig mues si glych zersch dänneruume. «Also eigetlech –», chunnt's ändtlech z tröpfele, «ee – eigetlech gahn i mir sälber ufe Grund.»
«Aha. U bisch scho fündig worde?»
Fündig worde. Me cha ren eifach nid uswyche. «Ja, so

das und äis isch mer afe begägnet. I meine wenigschtens, i syg scho zimli wyt nide.»
«Aha.» Pouse. «Weisch überhoupt, was de suechsch? Oder nüderisch uf ds Gratwohl?»
«So halb u halb. Mi sälber halt.»
«Aha.» Längi Pouse. «Grad redig bisch nid.»
«Es isch äben alls nid eso eifach. I weis nid rächt, win i der das söll säge.»
«De wart, bis d's weisch. Sider will i der itz öppis säge. Der Kari und ig sy bim Rolf gsi. Er weis, dass i da bi. Es het mer i ke Eggen yche passt, so hinder sym Rüggen öppis aazteigge. I verbrönne mer d Finger nid gärn freiwillig a frömde Füür, un es isch sy Sach so guet wi dyni. Er probiert's natürlech z überspile, redt vo Spannige, wo i jeder Beziehig unvermydlech syge, und andere Heftlischmuus, aber er weis nid, was du hesch. Es isch tatsächlech so, dä Maa weis das nid. Er het is Gaffee gchochet u Chuechen ufgstellt, het Witzli gmacht u gschnuret wi nes Buech, aber gäng ume heiss Brei ume. Speter het er Wy greicht, mir hei Gsundheit gmacht, u d Atmosphäre isch zum Dervoseckle gsi. Er isch mer vorcho wi nes Chind, wo singt, wül's Angscht het ir Fyschteri. Kari hätt lieber der Hindertsigang yneta, wi gäng i chutzelige Situatione, aber mir isch's plötzlech verleidet. Mir wölli höre, enand vorztheäterle, han i gseit. Mir wüssi, dass der Problem heiget, u nachdäm mir öji beschte Fründe syge, hätti mer eigetlech scho ds Rächt z erfahre, was los syg. Zersch het er no chly Spargimänter gmacht u's wölle i ds Lächerle-

che zie, aber i bin ihm uf d Seel gchnöilet. Kari het mi heimlech gmüpft, i ha ta, wi wenn i nüt merkti. Der Rolf het gwärweiset, öb er söll druf ystyge oder is usegheie, aber am Änd het er d Waffe gstreckt. Wi nes Hüüffeli Eländ isch er uf em Sofa ghöcklet, won er het aafa uspacke. Er het di Haargschicht fürebrösmet, u win er der vor Verrückti eini gwäsche heig. Das syg ihm würklech zum erschte u ganz bestimmt zum letschte Mal passiert, un er heig sech ja wie entschuldiget, er hätt sech sälber chönne chläpfe, und und und. Früecher heig er der vil zuegmuetet, das gäb er zue, u we de denn gange wärsch, chönnt er's ender begryffe. Aber er heig sech doch scho lang besseret, er verdieni guet, leg der d Händ unter d Füess, u was er de no alls söll. Du bruuchisch nümm Schuel z ha, müessisch der keni Sorge meh mache, und itz, wo d Zwillinge usgfloge syge, chönntit der's doch schön ha. Mir isch klar, dass du nid für nüt u wider nüt der Blind gno hesch, aber du muesch scho entschuldige: So vo usse gseh, we me d Hintergründ nid weis, het er myseel nid unrächt. Item, er isch vor is ghuuret wi ne chlyne Bueb, wo d Mueter verlore het.»
Nid unrächt. Stimmt vilicht sogar. D Lilo isch lang still, nächär seit si mit eme Süüfzger: «Der Rolf isch e guete Schouspiler. I ha lang bruucht, für z merke, wenn er theateret. Er tuet eigetlech fasch gäng.»
«Gib's uuf, i bi doch nid blöd. Meinsch, mir heige nid heiter gseh? Aber dasmal isch's kes Theater gsi, der Rolf isch völlig hilflos u zimli kabutt, gloub's nume.»

«Müglech. Aber du hesch kei Ahnig, wi rächt dass hesch mit dym Verglych. Der Rolf isch e Bueb, und i gloube itz de bal, mir syg di Mueterrolle verleidet, das isch es vermuetlech.»
D Monique macht en ulydigi Bewegig mit der Hand, wi wenn si es leschtigs Vych wett verschüüche. «Da chönnt no mängi ab!» seit si nume u ruumt ds Gschiir i d Chuchi use.
«Wei mer nid loufe?» fragt si erstuunt, wo d Lilo ds Chörbli i ds Outo stellt. «Sit wenn reichsch du ds Brot mit em Outo?»
«Sit der neechscht Lade füf Kilometer wyt ewäg isch.»
«Waas? Du wosch doch nid behoupte, hie syg nienen es Lädeli?»
«Im Summer het's eis, aber im Winter isch es zue.»
«Merci schön. Het itz das unbedingt so ne gottverlassni Gäged müesse sy?»
«I ha das dänk o nid vorhär gwüsst, was meinsch, wi lang i dä Hoger nach eme Laden abgsuecht ha! Itz bin i gwanet, aber ohni Outo wär me da scho laggiert.»
«Nid emal es Lädeli! Me cha's de mit der Einsamkeit ou übertrybe.»
D Lilo wehrt ab. «Sövel einsam isch es gar nid. Paar Hüser sy ds ganz Jahr bewohnt. Nume Feriegescht sy keini.»
«Feriegescht. U jedes Brötli heisst zäh Kilometer Outofahrt! Dir het's usghänkt.»
Sider dass d Lilo ihri Vorrät ergänzt, telefoniert d Monique em Kari.

«Er lat di grüesse, und öb di scho vorumebrunge heig?»
«I wett mi lieber nid la vorumebringe, i gibe mer ja alli Müei, ds Graduusloufe z lehre.»
«Mit em Grind dür d Wand, he!»
«Vilicht het's e Türe», meint d Lilo.
Am Namittag füert si d Monique der Hoger uuf: Si wott ere d Ussicht vo dert obe zeige, für seien isch das der schönscht Egge hie. D Monique spart nid mit Kommentar zu dene grossartige Hütte, d Lilo mues mängisch grediuse lache ab dene Sprüch.
«Was seisch itz», fragt si uf der Krete obe, «wosch hie o male?»
Der Monique het's gloub d Sprach verschlage, si seit ömel e Zytlang nüt u luegt nume. Es isch aber ou e Bilderbuechtag, ds Meer zeigt sech vo der fründtlechschte Syte. D Felse links äne stö gstoche scharf vor em wulchelose Himel, d Bucht isch ds Paradies.
«Lueg einisch das Huus!» stosst d Monique plötzlech füre u packt d Lilo am Ellboge. «Das isch itz der Inbegriff vo – vo – Usgwogeheit, vo Schönheit, vo Harmonie – ä was, es isch eifach wahnsinnig schön.»
«Du wirsch ja diräkt lyrisch», guslet d Lilo, «flüg nume nid no grad uuf!»
«Dä Typ, wo das het la boue, würd mi intressiere. Dä mues e spezielli Sorte sy.»
«Er isch e spezielli Sorte. Di Villa ghört eme Dütsche, wo sech für sys Läbesänd da ygnischtet het. I kenne ne, er isch en eigenartige Mönsch, halb Büecherwurm,

halb Läbeskünschtler, oder vilicht ou keis vo beidem. Ds Huus passt zuen ihm, ou d Yrichtig, i bi scho dinne gsi.»
«Sooo sooo.»
«Gar nüt so so. Er isch mindischtens füfesächzgi.»
«Verzell mer nüt. Mit de dritte Zähn bysse si no am beschte.»
«Monique!»
«Esch ömel wahr.»
Het er ächt es Biis? überleit d Lilo. Wenn er eis het, isch's uf jede Fall e tadellosi Arbeit. So eine cha sech natürlech der tüürscht Zahnkünschtler leischte. «Weisch was», seit si lut, «i stelle der ne vor. Um die Zyt macht er sy Gsundheitstaggel, chasch de sälber luege, wi speziell das er isch.»
Halb nide dütet d Monique mit em Chini uf d Promenaden abe.
«Isch es öppe dert dä Gnöppeler?»
«Gnöppeler!» D Lilo tuet empört. «Das isch der Herr Harald Eduard Sigmund von Braunfels.»
Der Monique gheit fasch der Chifel abe. «Söll das e Witz sy?»
«Es isch kei Witz, er heisst so. Aber es isch ihm sälber zwider.»
D Monique seit nüt meh. Nach paarne Tritte riskiert d Lilo e Syteblick. Das Gsicht, wo die macht. Was chunnt ächt als Nächschts? Si mues nid lang warte.
«Da hätte mer also das Orchideemanndli.»
D Lilo isch platt. «Wi chunnsch uf das?»

«Er gseht uus, wi wenn er jede Tag Orchidee chief.» Itz het er se gseh. Er blybt stah, luegt unschlüssig, me stört nid gärn. D Lilo stüüret dezidiert uf ne zue. «Herr Braunfels, darf ich Ihnen meine Freundin vorstellen? Sie will sehen, ob ich mich in der Einöde zurechtfinde. Das ist Frau Monique Bucher, das ist Herr Harry Braunfels.» Der Herr Braunfels isch entzückt. Er lüpft der Huet, macht sy abzirkleti Verböigig u findet's e reizendi Überraschig. Kei Handkuss, gottlob, d Monique würd am Boden umetroole vor Lache. Aber dernäbe spilt er uf der ganze Klaviatur. Wi si greiset syg, wi's ere gfall, öb er di Dame zu Kaffee und Kuchen dörf ylade. Di Dame chöme gärn, ömel d Lilo. D Monique macht ihres Gsicht u seit kei Mux. Die sticht doch der Gwunder. Der Herr Braunfels komplimäntiert sy Visite i Erker füre u bittet um ene Ougeblick Geduld. D Monique steit am Fänschter u luegt use, si schwygt gäng no. Ersch, wo der Husheer mit em Gschiir chunnt, tuet si ds Muul uuf: «Ich habe noch nie etwas Ähnliches gesehen. Es ist so schön, dass ich Mühe habe, meine Empfindungen in Worte zu fassen.» Es färbt scho ab, dänkt d Lilo amüsiert, aber är fröit sech.
«Wie finden Sie das Haus? Es ist mein ganzer Stolz. Ich habe es nach meinen Plänen bauen lassen und selbst ausgestattet.»
«Es ist ein Traum», seit d Monique ehrlech.
Es isch nid wi süsch. Der Herr Braunfels u d Lilo bestryte d Unterhaltig fasch eleini, d Monique treit nid vil

by. Ds Gspräch schleipft mängisch es bitzeli, nid schlimm, aber der Lilo isch's nid ganz wohl. Der Herr Braunfels redt nüt vo Heibegleite, er het's o gmerkt.
D Monique schwygt. Es isch diräkt provozierend, wi si schwygt. Blas mer i d Schue, dänkt d Lilo.
Ersch bim Znacht chunnt's. «Er brönnt», seit d Monique.
D Lilo chunnt zersch nid nache. «Wär brönnt?»
«Dy Orchideemönsch.»
«Was söll das heisse, er brönnt?»
«Ds Füür läuet ihm zu den Ougen uus, wenn er di aaluegt, das söll's heisse. Er isch zwar es Relikt us grauer Vorzyt mit sym Gehabe, schynt aber doch no so öppis wi Bluet i sech inne z ha. Blaus, klar.»
«Verzell doch kei Chabis!» wehrt d Lilo ab.
«Ke Chabis. Dä Sigfried isch i di verschosse, dass es chlepft u tätscht.»
«Sigmund!» verbesseret d Lilo pedantisch.
D Monique luegt sen aa, wi we si es sältens Insekt wär, chly unglöibig. «Derewäg mit em Sack gschlage wett i ou einisch sy. Nume füf Minute. Für z luege, wi's isch.»
«Das isch alls Bläch, was du da zämedichtisch», seit d Lilo energisch. «Mir chöi's guet zäme, das isch wahr, aber wyter isch da nüt. U we di no nid ganz verrennt hesch, muesch zuegä, dass er zum mindischte en ungwöhnleche Mönsch isch.»
D Monique lüpft d Achsle. «Ds Huus isch ganz verruckt schön, das stryten i nid ab. Un är wird o syner

Qualitäte ha, aber mir isch er z zimperlig. Un eis will der säge: Pass uuf, du bisch uf em beschte Wääg, der Tüüfel ane Chätzer z tuusche.»
«Monique, du bisch e Sturm. Wäge dir han i mi di ganzi Zyt müesse frage, öb er würklech es Biis het, me gseht nämlech nüt. Wi we das e Charakterfähler wär.»
«Frag ne doch!»
Es hanget chly e Trüebig i der Luft. D Monique luegt schreeg, wo d Lilo mit em Hundsfueter usegeit, verchlemmt sech aber e Bemerkig. D Lilo bysst uf d Zähn. Was mues si itz däwäg uf däm harmlose Harald Eduard Sigmund umehacke, er het ere ömel nüt zleid ta. Si het nume Angscht ume Rolf. Si hilft em Rolf, wi alli.
«Chumm, Badi, chumm, hesch di hüt no nüt zeigt. Bisch yfersüchtig? Chumm, Bijou, chumm, wo bisch?» Si pfyft. Niene e Hund. So rütschet mer doch alli der Buggel ab!
«Mir wei nid choldere», seit d Monique versöhnlech, wo d Lilo wider ynechunnt. «I fahre doch nid achthundert Kilometer, für mit der z zangge. I weis es scho, cha halt ds Muul nid gäng halte, wenn i sött, bi scho meh blöd drycho, nüt für unguet. Aber es sprängt mi d Wänd uuf, wenn i gseh, wi soublöd sech myni Fründe benäh, un i sött de schwyge.»
«Du chasch scho rede, dir heit keini settige Problem.»
«So, hei mer. U wohär wosch das wüsse?»
«Das merkt me doch. Dir syt gäng so zfride, ein Herz und eine Seele.»

«Aha, wül mer is nid i aller Öffentlechkeit d Grinde verschlö, sy mer pouselos ein Herz und eine Seele. Di Vorstelig chasch der abschminke, das isch sentimentale Mischt. Wenn den öppe das söttisch wölle mit em Rolf, so begryffen i, dass de schlöiderisch. Das git's nid. Dir syt gäng zwöi Härz u zwo Seele, o we der zäme wohnit, ässit, schlafit. Zwe verschideni Mönsche, wo verschideni Läbe füere, innerlech meinen i. Innerlech het jedes sy eiget Wääg u mues dä gah u a däm schaffe. Ds einzige, wo zwöi chöi mache, isch derfür sorge, dass si sech so vil wi müglech begägne. Aber sy eiget Wääg mues jedes sälber finde und ablouffe. Ein Herz und eine Seele, i wirde grad muff, wenn i das ghöre. Ein Leib will i mira la gälte, gwüsse äxtranige Momänte chönnt me so säge», si grinset spitzbüebisch, «das heisst's ja ou scho i der Bibel. Aber vo Härz u Seel steit nüt, sovil i weis. Die sy äbe denn no dutzis gsi mit em gwöhnleche Läbe, hei keni Kitschromane gläse u pseudopsychologischi Abhandlige i de Froueheftli.»
«U we me de nume no zanggget, we me sech begägnet?» fragt d Lilo bedrückt.
«We me zangget, isch das nid di Art Begägnig, won i meine. Bim Zangge steit jedes uf sym eigete Terrain u verteidiget das mit Zähn u Chlaue. Denn isch me wyt usenand, drum mues me ja ou möögge, wül me gspürt, wi wyt ewäg ds anderen isch. Begägne heisst für mi, enand gspüre, ohni sech aazrüere, Verständnis, Vertroue, es isch schwär z säge. Uf all Fäll isch es nid lut.»

«Dir heit dänk fasch nie Krach, du u der Kari.»
«Früecher scho, mir hein is unerchannt müesse zämeroufe. Hüt nümm so vil, aber es git's gäng no. Wenn zwöi nie verschidener Meinig sy, isch ds einte dervo e Tropf. E gueti Partnerschaft überchunnsch nid gschänkt, die wott erwärchet sy. D Usenandersetzig, ds Usprobiere vom Freiruum, ds Abstecke vo de Gränze, das ghört halt derzue, das geit nid ohni Chlefele.»
D Lilo rangget uf em Stuel.
«I cha das schlächt, i underzie mi meischtens em Fride zlieb. Es isch so unwürdig, unbeherrscht drufloszwüete, u – ä, i schäme mi jedes Mal hindedry.»
«Di wohlerzogni Tochter.» Spöttisch tönt das. «Di eigeti Meinig nie verträtte, wül's chönnt übel gah, gäng undedüre, nie sech dernäbe benäh, i finde das ou nid verruckt würdig. Me mues ja di dräckigi Wösch nid grad uf em Dorfplatz wäsche, das hei mer gäng gluegt z vermyde, aber es het verschidentlech tschäderet. I meine das wörtlech, das darf i dir scho säge. I schiesse Gschiir, wenn's strub geit, u Kari donneret d Türe zue. Mir hei scho der Schryner müesse ha. Hättisch gschyder albeneinisch ganz würdelos e Bluemevase a Bode gschmätteret, als jedi Wuet fürnähm i di ynezfrässe. Gift darf sech nid aasammle, das mues sofort use.»
D Lilo wehrt ab. «Me cha halt nid zu syr Hut uus.»
«Vilicht chönnt me, we me probierti. Vilicht isch das numen e fuli Usreed.»

Düre dür ds Gstrüpp

Gnau gno heig si nid frei gno, für desumezplegere, das chönn si deheimen ou, seit d Monique am Morge druuf. Das Umechnieppe ligi ihre nid, si wett lieber öppis ga luege. Si chönni ja o rede, we si den Ougen öppis z tüe gäbi. Bim Härefahre heig si so nes härzigs Felsedörfli gseh, öb si nid dert ufe wölli bi däm schöne Wätter.

Gassin. D Lilo mues lache. «Dert han i öppen e Stund lang der Gérard Philippe gsuecht.»

«Der Filmschouspiler? Dä isch doch lengschte gstorbe.»

«Ds Grab natürlech. I ha dä Fridhof fasch umegstoche, aber es het nüt gnützt. Er isch gar nid dert beärdiget.»

«Der Gérard Philippe.»D Monique luegt ganz tröimerisch dry. «Dä isch grad eso richtig im Schwang gsi, won i ha aagfange i Chino gah, i ha gwüss fasch alli Filme von ihm gseh. Won er gstorben isch, han i fasch grännet, oder vilicht sogar richtig, i weis es nümm. Bin i denn no jung gsi, chuum us em Semer. Wo isch de das Grab, weisch es?»

«Z Ramatuelle schynt's, er syg dert so en Art Lokalheilige.»

«Isch das wyt?»

«I bi no nie gsi, aber i gloube's nid. Chly wyter hinden als Gassin, ob St. Tropez.»

«De gö mer, es nimmt mi itz glych bal wunder. Das Büechli, wo sy Frou gschribe het, han i ou einisch gläse, es het mi nid us de Schue kippt. Chly vil Heldeverehrig.»
De wäre si sech ja einig.
Es geit rächt um d Chrümp über das Pässli. Di Yheimische fahre wi d Röiber, es isch allimal chly ne Schreck, wenn eine umen Egge chunnt. Es isch zwar gäng gnue Platz zum Chrüze, di Strässli gseh nume so schmal uus, wül si kei richtigen Abschluss hei am Rand. Si höre eifach uuf, mängisch regelrächt i der Luft, u nächär chunnt e dryssgsantimeterige Grabe. Korkeiche, Pinie, allergattig Gstrüpp wi gäge Gassin ufe. Es isch de glych no feiechly e Strecki, we me der Wääg zersch mues sueche.
Ds Dorf gseht ähnlech uus wi Gassin, o so zämedrückt uf em Felse. I der Mitti verbreiteret sech d Strass zumne schmale längzogne Platz. Dert het d Lilo still. Di halbe Wonige sy zuegspert, abwysend. Aber es isch glych chly Feriestimmig, ömel für d Lilo u d Monique. Si schlürme i dene Gässli ufe und abe, hie umen Egge, dert dür nes Tor. Es isch bitzewys so äng, dass me mit den Arme über ds Wägli vo eir Husmuur zur andere ma grecke, mängisch vermuetet me en Ygang u gseht ersch ufe zwöit Blick, dass es en öffentleche Durchgang isch under eme Huus düre. D Plätzli, usdrücklech mit Place aagschribe, hei ds Määs vore chlynere Stube, alls isch ganz naach zäme u würkt fasch echly privat. Wenn eim nid di ganz Zyt Lüt mit Täsche u Mappe

würde begägne, überchäm me ds Gfüel, me stogli i frömde Hushaltigen ume. Der gälblech Verputz lüüchtet warm i der Sunne. Es het überhoupt vil Sunne, trotz dene änge Schlüüch. Es isch allwäg en Art Künschtlerkolonie, bal a jedem Egge het's irgend es Atelier. Aber es isch wunderschön hie, d Monique gseht es Halbdotze Hüser, wo si wett, we si Gäld hätt. Ire Metzgerei, wo me nach Luft schnappet, we meh als zwo Pärsone vor em Ladetisch stö, choufe si zwöi Côtelettes, ire äbeso winzige Beckerei es längs Stäckebrötli. «Trag's de stotzig, süsch chunnsch nid um di Ränk ume», seit d Monique. Der Lilo gfallt Ramatuelle no fasch besser als Gassin, es isch no romantischer, we das überhoupt müglech isch.
D Monique het Durscht u müedi Füess u stüüret es Café aa uf em Dorfplatz. Es isch eis Gschnäder dinne, si chöme fasch nid dür all di Mannevölcher düre, wo vor em Buffet Pastis trinke, wauschte und uswääie. D Lilo gieng wider use, we si eleini wär, aber der Monique macht das nüt. Mit lieblechem Lächle, pardon und excusez bahnet si im Näbenumeluege es Wägli dür dä Mannetrübel, flötet em schnouzbärtige Pinterich «deux cafés, s'il vous plaît» zue u hocket scho amene Tischli.
«I hätt itz der Mumm nid gha, i di Männerbaschtion yzdringe, i ha gäng ds Gfüel, i störi u syg unerwünscht.»
«Was ächt no! Das isch en öffentlechi Wirtschaft u dänk für alli offe. Muesch nume nid yneschlyche wi nes verschüpfts Huen. Da het me der Grind uuf u

hopp, düre dür ds Gstrüpp, de chunnt kene uf d Idee, di schreeg aazluege. Für das, wo di sälber aaluegsch, für das wirsch aagluegt. Wär sech lat tschalpe, wird tschalpet.» Lektion füf.

Der Schnouzbärtig chlepft mit Grandezza zwöi Tässeli ufe Tisch u blinzlet d Monique aa. Die blinzlet unverfrore zrugg, är grinset. Si chnüüblet ds Gäld füre. «Mir wei grad zale, weis ke Mönsch, öb mer nach der Brüeji no imstand sy derzue.»

Di Brüeji isch gar nid so schlächt, starch, aber nid so bitter, wi si usgseht. D Gaschtstube isch verrouchnet u schäbig, ds Tischli waggelet u d Stüel gyre bi jeder Bewegig, u glych isch es no gmüetlech. D Manne kümmere sech nid um di zwo.

D Monique macht ihri Glosse. «So nes Wirtschäftli isch richtig Guld wärt für di Hächle, lueg einisch, wi si alli zfride drygseh. Bi dene geit ou nid alls düren Anke, de Chöpf u de Chleider aa. Jede luegt, sys Brot z verdiene, win er äbe cha, u het vilicht deheime no ne Schreckschrube, won er sech chuum trouet, d Nase under em Tisch fürezha. U hie isch jeden e chlyne Chünig. Lue dä im grüene Lybli, wo der Buuch übere Gurt usehänkt, win er strahlet, we diser lache über syni Sprüch. U dä dernäbe, wo gäng der Schnouz zwirblet, i will wette, dä het deheim nüt z lache.»

«Du hesch es mit de Manne», stellt d Lilo fescht.

«Nid mit allne, teil gö mer ufe Geischt. Bsunders die, wo i jeder Situation der Maa fürecheere u sech ybilde, si sygi es höchers Wäse, wül si es Schnäbi hei. Nume,

mit settigne stürmen i nid, di Ystelig isch mer z blöd. Es steckt ja ou hinder dene im Grund en arme Tüüfel. I wett das nid grad a jedem Ort usetrumpeete, aber i ha nid di höchschti Meinig vo de Manne im Allgemeine. Das vom starche Gschlächt isch doch alls Schwindel. Sicher, Holz spalte u Chrieg füere chöi si besser als mir, u mit der Fuuscht ufe Tisch schla, aber we's um ds Mönschleche geit, um Gfüel, sy si hilflosi Gstabihünd. Di meischte sy ou nid konfliktfähig, si wychen uus u gö hindertsi, bis si mit em Hindere am Bort sy. Es wird scho Usnahme gä, aber eigetlech sy d Manne gar nid läbesfähig, si bruuchen e Frou, wo gäng wider i d Gredi bringt, was si verbagglet hei.»
«Isch das nid chly en eifachi Philosophie?»
«Mira wohl, so syg si's halt. I ha sen us der Praxis. Ds Läben isch so eifach oder so kompliziert, wi me's macht.»
D Lilo schlückt das nid. «Itz plötzlech mannefindlechi Tön, die nimen i dir nid ab, du chunnsch ömel mit jedem z Schlag.»
«Das het doch nüt mit Mannefindlechkeit z tüe. I lege ne nume kei Heiligeschyn aa. I gseh se, wi si sy, weder besser no schlechter als mir, eifach anders. Und itz gö mer ufe Fridhof u machen e Toucher i d Vergangeheit. Wo dä Filmstar isch aktuell gsi, het's bi mir o no settig gä mit ere Gloriole.»
D Tafele uf em Märitplatz cha me nid überluege. Si loufe der Houptstrass nah füre, längwyligi Hüser us nöierer Zyt. Der Zouber vo däm Ortschäftli haltet sech

i den alte Gränze. Der Fridhof ligt oberhalb vom Dorfygang, obezueche ghört me Schuelchind lachen u göisse. Vo usse macht er e gueti Gattig, grosse Parkplatz mit suber ygfassete Bluemebandeli, schwungvolli, gälbi Muur. Der Fridhof sälber isch ähnlech wi dä z Gassin, di glyche Familietämple, di glyche Marmorgrufte, zwüschinne paar Härdgreber, aber alls ordentlecher, pflegter. Verzwinkleter, verschideni Abteilige.

«Du chasch hie aafa sueche», seit d Monique, «i gah dert abe.»

D Lilo suecht es Mausoleum, es Dänkmal. Es het scho settigi, aber e Gérard Philippe ligt i keim dervo. Marmorplatte, Chalchsteiplatte, Keramikblueme, Plasticbouquet, früschi Rose, Tulpe, Alpeveieili, dotzewys Näme. Er mues doch amen Ort sy. Si geit es Stägli ab, suecht wyter. Er isch o hie nid, das Grab müesst me doch gseh. «I ha ne!» ghört si ändtlech. Si geit übere. D Monique steit vor eme schmucklose Grab, zimli breit, dick mit Efeu überwachse. En eifache, fasch wysse Stei, Gérard Philippe, Geburtsdatum, Todestag. Das isch alls. Es berüert d Lilo eigenartig, si het alls Müglechen erwartet, Pracht, Pomp, weis der Heer was.

«Schön», seit d Monique, «di Frou isch konsequänt. Si het derfür gsorget, dass er ou nach em Tod so ussergwöhnlech blybt, wi si ne bi Läbzyte gseh het. Si het Stil, das mues me säge.»

«Das Grab isch ömel nüt Bsunders», macht d Lilo. «We me's mit dene ringsetum verglycht ...»

«Das isch ja ds Bsundere drann. Disewäg wär's eis vo

vilne, aber di Schlichtheit isch einmalig. Ja ja, dä früech Tod het ne verklärt, u derby het er chly abstehendi Ohre gha.»
«Monique! Muesch so ekelhaft sy?»
«I probiere nume, d Wält eso z gseh, wi si isch. I loufe lieber uf em feschte Bode als ir Luft umezruedere, o wenn's weniger romantisch isch. We höch flügsch, gheisch töif abe.»
Hinde linggs steit e Lorbeeerboum, i den anderen Egge het's je en Oleanderbusch. Er het vil Platz, dä totnig Held, meh als di andere.
«Der Rolf würd e Grabstell ou öppe so gstalte», seit d Lilo. «Das wär ganz sy Gschmack, wenn er überhoupt uf Fridhöf gieng. Alls ästhetisch hinden und vore.»
«Es git leideri Eigeschafte bimene Maa», meint d Monique.
D Lilo süfzget echly.
«Byscht du nume. I weis scho, dass es nid liecht isch mit so eim, da wüsst i o no öppis. Der Kari isch o ke Heilige. Es het öppe jede e Spare. Aber me sött eifach ou ds Positive gseh. Me het schliesslech sälber ou Eigeheite, wo eme Maa der Närv chöi töde, du ou.»
«Zum Byspil?»
«Zum Byspil dy penetranti Tüechtigkeit, we scho fragsch. Das cha ne Maa scho yschüchtere, vor allem eine, wo d Zügel gärn chly lat schleipfe. U glych luegt der Rolf ke anderi Frou aa.»
D Lilo stellt der Chifel. «Das fählti no. Er isch ghürate u söll wüsse, won er häreghört.»

«Stärneföifi, i welem Jahrhundert läbsch du eigetlech? Eine wi dy Maa chönnt jedi ha, won er wett, uf dä Typ flüge si. Oder hesch das no nid gmerkt? Grad eismal het sech der Seiler Chrigel bim Kari drüber usgla. Der Rolf chönn nid ganz normal sy, däm machi di attraktivschte Froue schöni Ouge, un är säg höchschtens: I ha ja my Lilo. Em Chrigel git das natürlech z dänke, du weisch ja, was das für ne Jeger isch.»
D Lilo weis es, er het's bi ihre o probiert. Er probiert's mit jedere. U vil gheien ihm yche. Froue chöi scho blöd sy. Beide schwyge.
«Es geit eim mängergattig düre Chopf uf eme Fridhof», nimmt d Lilo ds Troom wider uuf. «Sit Gassin dänken i vil a Tobias, vil meh als i de letschte Jahr.»
D Monique schwygt wyter. Nach langem seit si: «I ha zwo Totgeburte gha, drum hei mer keni Chind.»
Vo däm het d Lilo nüt gwüsst.
«Me bringt nid alls use, de mues me's halt abeschlükke, süsch erstickt me drann.»
Es wird wider still, nume en Agerschte räägget.
Plötzlech schüttlet sech d Monique. «Mir sy zwo Tränetante. Was verby isch, isch verby. Mir wein is lieber fröie, dass mer no uf zwöine Bei stö u nid da lige wi die alli. Vilicht gar nümm lang, wär weis. Ds Läben isch churz, me sött's nid vergüüde mit Jammere.»
«Aagno, der Kari gieng zuren andere, was miechsch du?» fragt d Lilo ab em Nidsifahre.
«I gloube nid grad, dass er under em Haag dür frisst, aber sicher weis me das nie. Bi de meischte Manne

isch ds Füür gleitig im Dach. I frage nid, de wirden i ou nid aagloge. I wär scho nid grad beglückt, das hätt keni gärn, u die, wo behoupte, es syg ne glych, die mache sech öppis vor. I hoffe, i wär wenigschtens vernünftig gnue, nid grad e Tragödie drus z mache, wenn er einisch näbenusetrappeti.»

«Du bisch so sicher, so überzügt, wi ne Felse», seit d Lilo chly nydisch.

«Dä Felse lodelet mängisch bedänklech», lachet d Monique. «Ds Läbe hout mir ou ufe Grind, wi allne, aber bis itz bin i eifach gäng wider ufgstande. Oder mängisch ou nid so eifach. I lafere scho vil, i weis das, aber zwüschyne dänken i ou öppis. Me überchunnt nüt gratis, i irgend ere Form zalt me für alls. Ds Läbe isch e Choschte/Nutzerächnig. Sit i das begriffe und akzeptiert ha, geit alls vil ringer. I überlege sider bi allem, öb es sech lohnt, u wenn es sech lohnt, bin i ou bereit, öppis derfür i Chouf z näh.»

«Mi düecht mängisch, du sygsch füfzg Jahr elter als ig, nid nume füfi.»

«Füf Jahr sy vil oder nüt, chunnt ganz druf aa, was me dermit macht.»

Sälber öpper

«Wäm bringsch das Züüg, hesch e Chatz?» fragt d Monique, wo d Lilo am Aabe ds Fueter zwägmacht.
«E Hund, aber i cha der ne nid zeige.»
D Monique luegt se chly besorgt aa. «I wott di nid beleidige, aber mit dir schynt nid alls im Sänkel z sy. Zersch lösisch di vier Wuchen i Luft uuf, u we di ändtlech wider materialisiersch, schänksch der sälber Rose, schwärmsch für grauöigigi Übermönsche u fuerisch unsichtbari Hünd. Sit wenn frässe Geischterhünd Chnoche?»
«Spöttle nume. My Hund isch nid grad en Ougeweid, das chönnt i mit em beschte Wille nid behoupte, aber Gspänschterhafts het er nüt. Er zeigt sech nume nümm, sit du da bisch, wahrschynlech het er der Rappel. Er isch wild u chly nes Mimöseli, weisch. Aber ds Frässe reicht er ömel, am Morgen isch ds Gschiir albe läär.»
Verwunderet lost d Monique di Gschicht vo der merkwürdige Fründschaft. «Jä, und itz fuerisch ne und gwanisch ne a di? Was wosch de mit ihm mache, we de heigeisch?»
«Wenn i überhoupt heigah.»
«Verzell doch nid so Blödsinn, wäge me bitzeli Krisestimmig schiesst me nid zwänzg Jahr vom Läbe i Ghüderchübel. Natürlech geisch hei.»

«Es müesst sech einiges ändere. I mache so nümm mit.»
D Monique lat nid lugg. «Was heisst das konkret, bi was machsch nümm mit?»
«Eifach bi allem, so, wi's itz gangen isch.»
«Aha, du weisch es also gar nid. Eifach bi allem. U was sött sech de ändere, was genau, oder weisch das o nid?»
«Tue doch nid so giftig, der Rolf dänk!»
«Der Rolf dänk! Liebe Rolf, wettisch di, bis so guet, total umkremple, dy Madam het leider d Stör. Du bisch rächt imene Ghürsch inn, wohl. Der Rolf isch der Rolf, wül er eso isch, win er isch. D Fähler ghören ou zumene Mönsch, we ne änderisch, isch er nümm der Rolf. Überhoupt chasch es gar nid. Ändere cha me nume sich sälber. We de wosch, dass es anders wird, muesch bi dir aafa. Furtspringe isch eifach, das cha jedi, mi het's o scho gluschtet, aber Lösig isch das keni.»
Eigetlech het d Lilo das o scho gmerkt, aber si lat sech nid abkanzle wi ne Schuelgoof u wird langsam giechtig.
«I bi nümm lenger der Tschumpel! I la mi nümm lenger usnütze u bi jeder Glägeheit als blöd härestelle, i bi schliesslech ou öpper!»
«Höchschti Zyt, dass es ändtlech merksch. Werum hesch der alls la gfalle? Wi söll der Rolf wüsse, was der nid passt, wenn ihm's nie seisch, er isch doch ke Gedankeläser. Hesch du bim Hochzyt e Vertrag underschribe, dass du di sälber müessisch ufgä? Du hesch dy

Wääg verlore, hesch di sälber vernachlässiget, hesch es versuumt, sälber öpper z wärde, das isch es. Solang de Schuel gha hesch u vo Tatort zu Tatort gsyrachet bisch, isch der das nid bewusst gsi, aber itz hesch Zyt u weisch nüt mit der aazfa. Du bisch i der Krise, nid der Rolf. Dä het niemerem öppis vorgmacht.»
E Wuet stygt i der Lilo uuf, si gspürt sech nümm, chönnt der Monique a Gurgel. Rolf, Rolf u no einisch Rolf. I will der itz zeige, wär i bi! Si nimmt d Suppeschüssle u schmätteret se mit aller Chraft a Boden use, dass d Schirbi i all Egge sprütze.
Totestilli. D Lilo steit fassigslos vor der Zueversicht, isch das würklech si sälber, wo da so gwüetet het? Zaghaft luegt si uuf, begägnet em Blick vo der Monique, und im nächschten Ougeblick lige si sech i den Arme u lache, lache, bis ne d Tränen abeloufe.
«I hätt nid dänkt, dass du so ne Glehrigi wärsch», hibbnet d Monique afe, wo si wider chly zu Aate chunnt. «Vilicht isch doch no nid ganz alls verlore.»

D Monique het's guet breicht, ei Tag schön wi der ander.
«Hüt müesse mer dänk um ne nöji Suppeschüssle uus, oder wosch no meh vertrome? Süsch warte mer no, es gieng de im Glyche zue.»
Grad zure Gwanheit wott's d Lilo scho nid la wärde, ömel solang se d Monique nid no meh a d Dili ufesprängt. «Uf de Zeejespitze düsselen i vo itz aa um di ume, uf de Zeejespitze!»

Si gö uf Port Grimaud. Em Parkplatz aa isch das im Summer e Wallfahrtsort. En einzige Car steit verlore dert, u paar wenigi Outo.
Das Näschtli isch de härzig, es Miniaturvenedig. Gäng nach paarne Schritte stö si am Wasser. Si gö über Brüggli, dür Gässli, über Plätz, es isch richtig schön. Nume weni Lüt. D Monique gseht wider es Huus, für we si Gäld hätt. Es Löibli zum Sünnele, vom Gärtli uus cha me d Füess schwadere. Es schwümmt schier, das Hüsli. Ds Wasser isch zwar nid grad zum Bade, chly trüeb, vilicht stinkt's im Summer. Zweni Strömig wahrschynlech, z Venedig stinkt's ou.
«Es isch niene alls», meint d Monique unerschütterlech, «das sy itz halt di abstehende Ohre vo Port Grimaud.»
Es würkt nid usgstorbe, we scho vil Hüser u Wirtschafte zue sy. Es wohne gloub glych no vil z grächtem da, den Outo aa. Nume Aasässigi dörfe ynefahre. Es nützt ne nid vil, nach hundert Meter sy si scho am Wasser. Ire hübsche Boutique chouft d Monique es Keramiktöpfli mit ere Duftcherze. Der Kari wird luege, we si ne beweihröicheret. D Lilo findet e schöni Suppeschüssle.
«Die isch de schaad für z verbrätsche, chouf lieber e billigeri.»
«Du geisch ja scho gly wider, de macht mi ou niemer meh toube.»
D Verchöifere packt di Schüsslen y. D Monique luegt geischtesabwäsend zue, si brüetet öppis. Itz chunnt's.

«Schetzisch du eigetlech dy privilegierti Situation, he? Du bisch kes beduurenswärts Huscheli, ganz u gar nid. Du fragsch em Tüüfel nüt dernah, geisch monatelang a ds Meer i d Ferie, was nid billig isch, u zu allem vermasch no soutüürs Gschiir. Grad jedi chönnt sech das nid leischte.»
Scho no wahr, vo der Syte het d Lilo di Sach no nie aagluegt. «Es chunnt nid so tüür», seit si lahm, «der Herr Wäber macht mer ganz e günschtige Zins. U was i dernäbe bruuche ...»
«Einewäg. Es gäb also doch no zwöi, drü postivi Brösmeli usezgrüble bi dym Chueche.»
«Fang nid wider aa stänkere.»
Es zigglet no chly hin und här, aber guetmüetig. Ds Gift isch duss, ds Schlimmschte isch düre. Si putsche no öppe zäme di nächschte Tage, es geit mängisch lut, aber Schirbi git's nümm. D Monique gseht y, dass d Lilo der Aafang vo däm Chlungeli sälber mues finde. Aber chly z reise probiert si natürlech glych.
«Du chönntisch es Aphorismebüechli usegä», schlat d Lilo nach so mene Scharmützel vor, «Gesammelte Lebensweisheiten einer abgeklärten Frau.»
«Abgeklärt! Scho ender abgebrüht», lachet d Monique. «Aber eis nähm mi itz glych no wunder. Werum hesch eigetlech sövel Knall uf Fall d Haar abghoue? Du hesch di doch gäng gwehrt wi ne Hänker gäge ne churzi Fryse.»
«Wäge Frou Ochsebeis Locketurm. Di Frou het so blöd usgseh, so völlig dernäbe, mir het das abglösche.

Einisch bisch eifach nümm jung gnue, für der alls chönne z leischte.»
D Monique luegt wider so dry. «Di gueti Catherine! Mir geit si us Wääg, i ha se drum no als Scheidegger Käthle kennt. Si isch chly en Armi, wett unbedingt öppis Mehbessers sy u gseht ke anderi Müglechkeit, als uf Fredus Gäldsack ufezgogere u z böimele. Si meint, si schyni so grösser, derby isch si nume lächerlech. Das chunnt nie guet, we me nid zu sich sälber steit. E Spatz blybt e Spatz, us däm git's nie e Pfau.»
«A der dumme Party han i mi halb ztod gergeret über se», seit d Lilo, «aber itz tuet si mer ou ender leid.»
«Settigs mues me gäng chly vo wytem aaluege», meint d Monique.

Am Samschtig müesse si no uf St. Tropez z Märit, das tuet d Monique nid anders. Es isch e Gugelfuer. D Monique chunnt ganz ab em Chötteli wäge der zämegwürflete Gsellschaft. Es isch es grebeligs Gstungg uf em Märit, d Outo chöi nümm übere Platz, aber si fahre glych, santimeterwys halt. Uf ene Wääg umen isch es deprimierend, was sech da aagsammlet het. Settigi Ort hei e merkwürdigi Aaziehigschraft, da blybt allergattig hange. Gschytereti Exischtänze, wo sech vergäbe en erfolgrychen Aastrich probiere z gä, Mitlöifer, Nachemacher. Aalege cha me da, was me wott, me gseht ds Verrücktischte alls, niemer luegt näbenume. Es tuet eim diräkt wohl, we zwüschyche ganz e gwöhnleche Mönsch uftoucht.

D Monique amüsiert sech köschtlech. En abgwirtschaftete Playboy i hutänge Hösli het ere's bsunders aata. Er steit häregosse amene Getränkstand und isch schön.
«Dä het deheim en überläbensgrosse Spiegel, u vor däm studiert er all Tag e Stund lang di würkigsvollschte Pose», behouptet d Monique. «Einisch chly uf däm Scheichli, einisch chly uf em andere, itz der Ellbogen uf d Theke und ds Chini gäge Himel, de chly zie am Pullöverli, dass es ds Ränzli kaschiert, chly ränggele, dass di vermuetlech einzigi Qualität müglechscht ydrücklech zur Gältig chunnt – dä Typ isch büniryff. Di Hose wärde dä chlemme, dä bruucht doch Seife, dass er drychunnt. Ja ja, my Liebe, dy beschti Zyt isch düre, da hälfe di gföhnete Silberlocke ou nüt meh.»
Er isch unermüedlech. Si chlopfe der ganz Märit ab u setze sech nächär ime Café anes Tischli, da stellt sech dä gäng no zur Schou.
«Werum han i je Hemmige gha, Hosen u Pullover z trage», fragt sech d Monique. «Gäge die da bin i ja di reinschti Wyde, u lueg, wi die der Fride hei!»
Es het vil uförmigi Lüt. Figurproblem hei die nümme, si sy über dä Punkt übere, wo me sech no drum kümmeret, wi me usgseht.
Nach em Märit no der Rundgang dür ds Stedtli. Am chlyne Hafe, absyts vom grosse Gräbel, chunnt der unvermydlech Süüfzger: «Di Wonig dert linggs obe, die mit däm schöne Balkon, die wett i, wenn i Gäld hätt.»

«Nume guet, hesch keis», lachet d Lilo, «du chönntisch ja nüt meh anders machen als i der Wält umepfuure, vo Wonig zu Wonig.»
«Ou wider wahr», seit d Monique.

Gägen Aabe no ne länge Spaziergang, nid übere Bärg, em Meer nah. Em Herr Braunfels winkt me nume zue, es mues ja nid zwängt sy. Är lüpft höflech der Huet. Der Hund blybt unsichtbar.
Am Sunndig Gassin, das mues no sy, dert het d Monique no kei Wonig. Und am Mändig geit si scho wider hei. Si fahrt zytig, wott z Gänf nid i Aabevercheer cho.
»Bsinn di nümm lang», seit si zum Abschid, «u mach ke grouni Sach. Söll i Grüess heibringe?»
Grüess? Also guet, Grüess.

Gspüri

D Lilo stellt der Ligistuel uuf.
Paar Sätz vo der Monique hei se herter troffe, als si sech het la aamerke.

– Das isch ds Schlimmschte, wo sech e Frou cha anemache, we si ihri Pärsönlechkeit vernachlässiget.
– E Frou, wo mit sich sälber im Reine isch, die isch unangryfbar.
– Du darfsch der alls la gfalle, aber nume, we de wosch.
– E problematische Maa bruucht e Frou mit Format.
– Mit eme Längwyler möcht i um ke Prys zämeläbe.
– D Froue sölle nid gäng drüber chlööne, dass d Manne so Stöck sy. Wär erziet schliesslech di Buebe?

We me das Sälbschtvertroue hätt vo der Monique! Di Sicherheit! D Lilo lismet wi sturm, der Pullover nimmt wider e Gump. Wo si d Huustür bschliesst füre Spaziergang, pfylet der Hund umen Egge.
«So, lasch di wider füre, gäll, si cha eim scho yschüchtere, we si so losleit.»

«Ihr Cerberus hat seine Aufgabe wieder aufgenommen», seit der Herr Braunfels.
Ja, er heig sech di ganzi Wuche keis einzigs Mal zeigt.
«Es war nicht nötig, Sie hatten ja einen.»
Di erschte paar Sätz gö no chly harzig, aber dä Aaflug

vo Spannig löst sech gly. Es isch wi vorhär. D Lilo lat sech gärn zum Gaffee ylade, äxtra. Wiso sött si nid, är het Fröid, und ihre isch es ou nid zwider.
Ds Gspräch isch dasmal e Spur pärsönlecher, si lat öppis Wenigs vo ihrne Problem düreblicke. Är ou. Är isch es brönnts Chind, zwo Froue syn ihm scho dervogloffe. Es syg scho sy Fähler, er heig müglecherwys zu romantischi Vorstelige i der Beziehig, z höchi Aasprüch. Eine win är sött nid hürate. Das müesse schöni Chüe gsi sy, dänkt d Lilo. En Eh mit em Harald Eduard Sigmund müesst doch für ne Frou der Himel bedüte.
Pass numen uuf, dass ne nid verguldisch, dä het o Fähler, wi jede. Du bisch dranne, der Tüüfel ane Chätzer z tuusche. Blödsinn.
Natürlech passt si uuf. Überhoupt mues me doch nid gäng grad hinder allem weis der Gugger was vermuete.
Ds Füür läuet ihm zu den Ougen uus.
Blödsinn.
Dä Sigfried isch i di verschosse, das es chlepft u tätscht. Drümal Blödsinn.
U für der Monique und ihm u sich sälber u der ganze Wält z bewyse, dass würklech nüt derhinder isch, ladet si ne für morn zum Znacht y. Äxtra. Si isch keis Chind meh, wo mues goumet wärde.
Es isch e reizendi Idee, er fröit sech sehr u chunnt sehr gärn.
U nächär ligt e Huuch Verlägeheit i der Luft, numen e

Huuch, aber d Lilo mues itz hei. Nenei, si geit eleini, es isch no Tag, u si het ja der Hund.
Tatsächlech, er steit breitbeinig i der Yfahrt, stellt di gälbe Haar uf all Syten ume uuf und ruuret e Frou aa, wo hilflos mit eme grosse Pack uf em Strässli steit u sech nid zueche trouet.
«Ihr Höllenhund geht zu weit. Das ist Nadine Boucher, mein guter Hausgeist, sie bringt meine Wäsche. Lassen Sie nicht zu, dass Ihr Untier meinen Stecken und Stab zerfetzt, ich bin ohne sie allen Kümmernissen und Widerwärtigkeiten des Lebens preisgegeben.»
Halb isch es pynlech, halb isch es rüerend. Für das Bitzeli Frässe verteidiget se der Bijou gägen alls, würd's wahrschynlech mit em Tüüfel ufnäh, nid bloss mit eme guete Geischt.
«Bis still, Bijou!» rüeft d Lilo. «La se düre, si tuet mer nüt!» Er ruuret wyter, cha nid so gleitig abstelle, aber es tönt scho weniger mörderisch. D Lilo macht paar Schritt uf ne zue, er luegt zrugg, wartet. No paar Schritt, er het sech still. Itz isch si fasch byn ihm.
«Venez seulement», seit si zu der Frou, «il est sage maintenant.»
Er isch würklech brav, kei Mux macht er, wo d Nadine Boucher verbysäglet.
Tüüflisches het si nüt a sech, im Gägeteil. Si isch es hübsches, grangschierts Froueli, öppe i Lilos Alter. Aber dryluege tuet si wi der Gäbeler pärsönlech. Si wird härzlech begrüesst u fürsorglech ynebegleitet vom Husheer. Dä Blick, wo si no schuttet under der

Tür! Sibe settig töden es Ross. Mit däm isch allwäg nid nume der Hund gmeint.
Dä het wider sy Dänkmalstelig, ei Pfoten i der Luft. We du nid merksch, wär's guet meint mit der, mir cha's ja glych sy.
Dernah loufe si zäme ds Strässli ab, fasch näbenand. Vor der Hustür luegt er d Lilo no einisch läng aa, nächär verschwindet er i de Stude.
Hübsch isch si, verflixt hübsch mit dene rote Haar, isch ja nid anders z erwarte bi däm Chef. Aber chly anders het si sech di Hushältere scho vorgstellt gha, chly meh Drach u chly weniger guete Geischt. Grad nume Putzfrou isch si dänk nid byn ihm, so wi die usgseht.
So, Frou Elisabeth Charlotte Günther-Grossebacher, gnau gno geit di das alls nüt aa, es isch ihri Sach. Mach gschyder dy Pulli fertig, so hesch morn öppis Rächts aazlege.
Es fählt nümm vil. No e Bitz vomen Ermel, nächär zämenääje u ds Halsbördli. Si lismet. Dä Blick! Die het e Konkurränz gwitteret, het ja fasch Füür gspöit. Derby het si gwüss nüt z förchte, es isch alls ganz harmlos. U für was mues de di Schlutten unbedingt morn fertig sy? Bisch bis itz o nid blutt umegloffe. Ds Wybli macht sech bemerkbar. Tuesch chly bubele, gäll, chly mit em Füür gfätterle.
Ach, blas mer doch di ganz Wält i d Schue. D Lismete flügt ine Egge, d Lilo geit i ds Bett.

Am Morge isch ere di Yladig bal chly zwider. We di Nadine Boucher nid derzwüschecho wär – jä itz, aagreiset isch aagreiset. U vilicht bildet si sech alls numen y, ei Blick längt nid, für alls z wüsse. Aber dä Blick isch dernah gsi.
Zersch wird itz glych der Pullover fertiggmacht, dä leit si hinecht aa, u we's Chatze haglet. Schwarzi Hose derzue, nid übertribe, aber schick. D Haar lat si o no schnyde, chly zuesätzlechi Sicherheit cha nid schade. Hüt bruucht si meh Zyt als süsch für ihri Ychöif. Was chochet me eim, wo wahrschynlech vo eir Füfstärnbeiz i di anderi geit wi üserein vor Chuchi i d Stube? Si wärweiset lang, öb Rindsfilet oder Schwynsnierstück. Het si itz nid einisch gläse, Härzchranki sötten ufpasse mit Schwynigem? Also Rindfleisch. Härzchrank. Grad schuderhaft chrächelig gseht er nid uus. Es Gmüesbouquet, früschi Champignons. Es Problem isch der Wy. Si versteit nid vil, cha höchschtens säge, öb er se guet düecht. Jä itz, kei Mönsch cha alls chönne, es git Estandon. Si het dä gärn, und är söll sech halt lyde. D Frisur chunnt guet, das Meitschi im Coiffeurlädeli versteit sys Handwärk.
D Lilo versteit ihres ou, der Pullover isch es Schmuckstück. «Du darfsch di zeige», seit si am Aabe zfride zu ihrem Spiegelbild. Si mues sech o süsch nid schiniere, ds andere stimmt ou. Es fründtlechs Füür, der Tisch sorgfältig deckt, paar Cherze, früschi Veieli uf de Serviette. Die sy zwar nume papierig, aber vo de tüürere, und farblech abgstimmt uf ds Gschiir. Momoll, si weis,

was schön isch. Ds Ässen isch ou nid übel, seie düecht's ömel guet.
Was sieg ächt der Rolf zu der Yladig? Er tät di ganzi Sach i ds Lächerleche drääje, u si würd einisch meh als Babi dastah.
Si wär nache, ihre Gascht cha cho. Er chlopfet scho. Halbi sibni, pünktlech wi nes Zytli. Hoffetlech chunnt er nid im Smoking, da miech si de ne Falle i ihrem glismete Pulli. Kei Smoking, e hällgraui Bchleidig het er anne, es hällgraus Hemmli, chly dünkleri Krawatte. List er ächt syni Chleider sälber use? D Blueme het er scho duss uspackt, klar, wo isch er ächt häre mit em Papier? Wider Orchidee, drei einzelni dasmal, wyss mit chly violett.
Er het sech erloubt, e Fläsche Sekt vo syr eigete Margge mitzbringe. We dä wüsst! D Lilo zuckt mit keir Wimpere u reicht Gleser. Längstiligi Rotwygleser sy di fürnähmschte, wo si findet. Fasziniert luegt si zue, win er di Yschänkerei zelebriert, e kultischi Handlig. U nächär wird dezänt aagstosse u fründtlech glächlet, d Lilo chunnt sech vor wi ne Zahnpaschtareklame. Chly süess isch das Züüg, nid ganz so fad wi Ochsebeis Champagner, aber glych nid ihre Fall. Süessmoscht, wo chräbelet. Me lat sech natürlech nüt aamerke u tuet, wi we me jede Tag drei so koschtbari Guttere köpfti.
Nächär bittet d Gaschtgäbere zum Tisch u särviert es Gedicht vore Champignonsuppe. I der Poubelle. Der Herr Braunfels lächlet, won er das Schüsseli gseht. Si heig's z Gassin gchouft, es heig ere so gfalle, erklärt d

Lilo. U hüt syg grad e gueti Glägeheit, das Gschiirli yzweihe. Der Herr Braunfels cha nid höre lächle, er findet's e bsunders originelle Yfall.
Ds Filet isch no chly roserot innefür, genau richtig, der Teigrand appetitlech u knuschperig. Der Herr Braunfels rüemt ihri Chochkünscht i de höchschte Tön, vom Wy seit er nüt. Eis zu eis.
Es isch chly förmlech zersch, aber bim Gaffee wird's gmüetlecher. Langsam finde si ds richtige Troom u chöi brichte wi süsch albe. Speter zügle si vor ds Füür, si mit eme Glas Rote, är schänkt sech no der Räschte Sekt y. Si müesse beidi chly lache, si verstö sech. Mängisch rede si, mängisch schwyge si. Aber si schwyge zäme, nid gägenand, es isch schön. D Lilo chunnt sech vor wi am erschte Aabe, aber hinecht isch si ganz da, ihri Seel isch aacho.
Si möcht gärn wüsse, win är eigetlech läbi uf sym Felsen obe, oder öb's uverschant syg, das z frage.
Im Gägeteil, ihri Aateilnahm tuet eme alte Hagestolz wohl, nume git's halt nid vil z verzelle. Er luegt eifach em Läbe paar sunnigi Tagen abzgwinne, solang er no cha. Er isch gärn eleini, ihm isch's nie längwylig. Numen i der Nacht, wenn er stundelang wach ligt, wär es schön, öpper ghöre z schnuufe, aber me gwanet sech o a das. Syni Schlafstörige het er sit em Chrieg, sit der Flucht vor de Russe, er isch das Lyde nie meh losworde, ou nid mit der Hilf vo diverse Psychiater. So ne behüetete Suhn us wohlgeordnetem Milieu – Chrieg isch nid sys Metier, syni Härzgschichte chöme vo däm.

Wenn er hüt jung wär, würd er verweigere. Di Zämebrüch het er sälber verschuldet, het sech uf uvernünftigi Art i d Arbeit gstürzt, für ds andere z verdränge. Es het nüt gnützt, Dervoloufe isch nie e Lösig. Mit Schlafmittel isch er vorsichtig, nume wenn's gar nümm anders geit, schlückt er öppis. Schlafe chönnt er de albe, aber mit wüeschte Tröim, er isch gäng no uf der Flucht. Aber er wott nid chlage, het der Rank gfunde, me arrangiert sech.

Si syg ou uf der Flucht, seit d Lilo versunne. Es isch plötzlech eifach, dervo z rede. D Stimmig isch dernah, glöst, irgendwie heiter, es geit ganz ring. Es isch en Art Rächeschaftsbricht, nid nume für ihn, no fasch meh für seie sälber. Es wärde re Sache klar ab em Rede, wo si bis itz gäng ender d Ouge zueta het dervor. Ihri Flucht het nid ersch mit der überstürzten Abreis aagfange. Vil vorhär. Vermuetlech denn, wo si d Schuel ufgä het, ohni sech gründlech z überlege, was de das für Konsequänze het. Si isch müed gsi, isch sech abgnützt u verbruucht vorcho, drum het si sech di nöji Freiheit u di fürigi Zyt i de buntischte Farben usgmale. Si het sech z lang zvil Verantwortig ufglade gha, füre Maa, für d Chind, für ds Huus, für d Schuel, für alls Müglече. U si het sech's nid liecht gmacht. A d Verantwortig z dänke, wo si sich sälber gägenüber hätt gha, da isch si nie derzuecho. Innert relativ churzer Zyt het si du eis Bürdeli nach em andere chönnen ablege. Der Rolf het sech bewährt bim Christian Seiler. Er het überdurchschnittlechi Fähigkeite, ohni Zwyfel, aber er

bruucht e Chef. U dä Chrigel isch massgschnyderet für ne. Das isch en usgchochete Gschäftsmaa u setzt das Liechtläbige, chly Hochstaplerische vom Rolf bewusst y. Es ideals Gspann. Di finanzielle Chnüpple, wo se vom erschte Tag vo ihrer Eh aa hei uf Trab ghalte, sy fasch vo eleini ufgange, d Zwillinge hei sech z grächtem sälbständig gmacht, u si het mit der Schuel ufghört u sech dermit no di letschti Ufgab wäggno. Unentbehrlech sy, bruucht wärde, das isch wi ne Droge, me wird süchtig. U we me di Drogen absetzt, chöme d Entzugserschynige. Ungebundeheit u gnue Zyt, das isch ja alls guet u rächt, aber me sött de ou dermit wüssen umzgah. Wi wett das eini chönne, wo mit sich sälber nüt weis aazfa. Merkwürdig, wi klar undereinisch alls isch. Si gseht plötzlech ufe Grund. Aber we me gäng drin goret und alls ufrüert, we me nid ma gwarte, bis sech di Sach setzt! Ire trüebe, urüejige Glungge gseht me nume Dräck, u ds eigete Spiegelbild isch verzerrt u macht Grimasse. Und itz, wo si sech so gseht, wi si isch, luegt si sech nid emal bsunders gärn aa. En ungfröiten Aablick, di längwyligi Gränne, wo vor luter Umehüschtere ds Läbe verpasst het. Was het si ächt alls versuumt, wo si nie meh cha nachehole, was alls kabuttgmacht, wo sech nümm lat flicke?
Si schwygt. Es wär schlimm, wenn er itz tät aafa lafere oder am Änd no wett tröschte, aber er het sech ganz still. Es isch unheimlech, was dä Mönsch für nes Gspüri het, er reckt eifach nie dernäbe.
Nach langem nimmt er ihri Hand und umschliesst se

mit syre. Si überlat ihm se willig, gspürt Fride, Rue, Sicherheit. Er het e gueti Hand. Ihri isch deheim i däm warme Huli. Ds Füür knischteret. Nid nume ds Füür. I ihrer Hand gramüselet's. Di gwüsse, äxtranige Momänte. Si sy gäng bsunders gsi, bis zletscht. Si fähle re. Ds Gramsele macht nid halt bim Handglänk. D Lilo probiert, sech uszdänke, wi's wär mit ihm. Si cha's nid. Si cha sech numen eine vorstelle. Mit der Zyt vilicht? Sicher, mit der Zyt.
«Sie könnten hierbleiben», seit er ändtlech hübscheli. «Mein Haus ist leer, und mein Herz ist allein. Ich würde Ihnen die Welt zu Füssen legen.»
Mit de dritte Zähn bysse si no am beschte. Nume nid lache. Numen itz nid lache, das wär ja fürchterlech. Di Monique! Si chönnt se wuusche. Mit ysigem Wille kämpft d Lilo di deplacierti Aawandlig z Bode, si bringt's sogar fertig, d Hand la z lige, wi we nüt wär. Wenn er's nume nid merkt. Wenn er numen um der Tuusiggottswille nüt merkt. Si müesst düre Boden ab. Ihri Chiferglänk tüe weh vom Zämedrücke, ihre Hals isch ganz hert vor Aasträngig. Nach ere halben Ewigkeit cha si sech entspanne, und itz fat si's ersch aa begryffe. Si chönnt zuen ihm, si müesst nume wölle.
D Versuechig winkt. Är isch e Schatz, ds Huus d Erfüllig vo sämtleche Tröim, si würd uf Hände treit, jede Wunsch würd ere vo den Ougen abgläse, er würd se nie beleidige, nie blöd härestelle, sys Verständnis isch unändlech.
Sy Geduld ou. Er wartet, lat ere di Zyt, wo si bruucht.

Keini Ufregige meh, kei Krach, keini Turbulänze. Isch es das, was si suecht?
«Ich kann mir nichts Schöneres vorstellen ... » seit si schliesslech.
«Aber?»
«Es wäre nicht fair. Ich liebe Sie nicht, das heisst, nicht auf die richtige Weise. Ich habe Sie schrecklich gern, wirklich, ich bin glücklich, wenn ich bei Ihnen bin, ich habe noch nie so etwas erlebt, aber – es wäre einfach nicht richtig.»
«Ich habe keine überschäumende Liebeserklärung erwartet, man wird bescheiden, wissen Sie. Welches ist die richtige Weise, wie Sie sich auszudrücken belieben? Wärme, Zuneigung, Freundschaft, das ist sehr viel. Sehr viel.»
D Lilo het e Chrott im Hals, ihri Ouge brönne. «Es wäre nicht fair», widerholt si chrüzunglücklech.
«Ich verstehe. Ich hätte Sie gerne um mich gehabt.»
Es chunnt ganz rüejig, es Spürli wehmüetig. Si chönnt z luter Wasser hüüle.
U de di schöni Nadine? Also, e Versuechsballon lat si itz glych no styge, dere Verlockig cha si nid widerstah.
«Frau Boucher wäre wohl auch nicht begeistert», seit si vorsichtig.
«Nadine? Ach Gott, Nadine, das ist doch ganz was anderes, das hat nichts zu bedeuten.»
Bums. Da hocket si i de Trümmer vo ihrer Heldeverehrig. Wi chüel, wi unbeteiliget das itz tönt het. Nüt z bedüte. Wi dänkt ächt d Nadine drüber? Bedütet's ihre

ou nüt? U de dä Blick? U di Begrüessig? U syni zwo Verflossne, sy das vilicht ou nid eifach Chüe gsi, hei si am Änd das, wo für ihn so nüt bedütet, nid möge verlyde?
Si gspürt keis fürsorglechs Huli meh, es isch e ganz gwöhnlechi Mannehand. Gscheht der rächt, du naivs Tüpfi. Wi di französische Rose. Vo naachem aagluegt isch er gar nid der fählerfrei Märliprinz.
Es het öppe jeden e Spare. Der Rolf luegt nie en anderi Frou aa. I welem Jahrhundert läbsch eigetlech?
Si lat d Hand no lige, wartet uf ne Momänt, wo si se unuffällig cha zruggzie. Er cha ja nüt derfür, dass si so eifältig isch, so vo vorgeschter.
Es geit wider lang, bis er öppis seit.
«Sie lieben ihn, nicht wahr?»
We si das wüsst! Si weis numen eis sicher: I das schöne Huus zügle, sech la chüderle u chrättele, ds Läbe gniesse u d Madam spile u sech derby gäng müesse frage, was er macht so eleini, wi's ihm geit, öb er z Schlag chunnt, das würd si uf d Lengi nid ushalte.
Wiso chunnt ere itz das i Sinn? Bis itz isch's ere doch meh oder weniger pfyffeglych gsi, was er macht. Ja, wi geit das ächt überhoupt, wenn er so eleini huset, chochet er sech, oder het er wider aafa helte? D Monique het nüt gseit.
«Sie lieben ihn.» Dasmal isch's e Feschtstelig.
Es gseht mytüüri bal so uus. Si schüttlet verwunderet der Chopf, steit uuf u reicht d Foto. Si stellt se wortlos vore Herr Braunfels ufe Cheminéesims.

«Hübscher Mensch», seit er nach eme Cheer, «aber ein Trottel. Er müsste vor Ihnen auf den Knien liegen.»
Komischi Vorstelig, der Rolf uf de Chnöi. E Trottel? Vilicht scho chly, imene gwüsse Sinn vilicht scho. Jä itze, er isch halt, win er isch.
Der Herr Braunfels steit uuf. «Vergessen Sie meine Worte. Es war sehr schön, ein wenig zu träumen, aber in meinem Alter sollte man es dabei bewenden lassen. Gegen die Liebe ist kein Kraut gewachsen, diese ewige Weisheit ist leider etwas aus der Mode gekommen. Ich selbst kann nicht umhin, feststellen zu müssen, dass ich ein alter Esel bin. Ein alter Esel, der sich auf's Glatteis wagt, ist allemal eine lächerliche Figur. Tun Sie, was Sie tun müssen, meine guten Wünsche begleiten Sie.»
Er isch glych e Feine, der Harald Eduard Sigmund. Es richtigs Wächselbad vo Gfüel isch das hinecht. Aber di Abgeklärtheit, di Sicherheit, di Wysheit chönnten eim de mit der Zyt scho uf ds Gäder cho. Eigetlech möcht si ne nid so la gah.
«Herr Braunfels» – fat si aa, aber er winkt mit beidne Händ ab.
«Um Gottes Willen, sprechen Sie es nicht aus, lassen Sie mir wenigstens die Illusion, unsere Begegnung sei etwas Einmaliges gewesen.»
«Es ist keine Illusion», seit d Lilo.
Lächle, Verböigig, Handkuss – u dussen isch er.
Das wär's itz also gsi, das grossen Aabetüür. Alten Esel. Si macht ou nid grad di beschti Gattig, gnau gno.

Es isch no nid ganz alls. Der Herr Harald Eduard Sigmund von Braunfels streckt der Chopf no einisch churz zur Türen y. «Nadine wird sich freuen», seit er u blinzlet.
Dä Tuusigsdonner! Er theateret ou.
«Dir syt e leidi Bruet, alli zäme», macht d Lilo gäge ds Bild übere. «Sövel han i itz möge gmerke, scho nume wäge däm het sech my Südfrankrychtrip glohnt. Cha di nid ändere, o das han i glehrt. Aber du chunsch de no uf d Wält, my Liebe, mir sy nämlech zwöi, drü Liechter ufgange.»

Chönne warte

«Also, dä Hund isch e richtige Souhund», balget d Lilo am Morge vor sech häre. «Eim e settigi Sach anemache! Du wirsch i der Ornig gfueteret u hesch es nümm nötig, im Ghüder z nuele!» Aber vilicht isch es ja gar nid der Bijou gsi, es het no vil anderi verwildereti Byschter.

Der Sack, wo si nächti no het a Wäägrand gstellt füre Fall, dass si der Ghüderwage sött verschlafe, isch z lybermänds vertromet u der Inhalt verzütteret. Di ganzi Lengi vom Huus isch eis Chaos uf der Strass. D Ghüdermanne sy düre, aber di Schweinerei hei si natürlech nid zämegruumt, begryfflech. Toube reicht d Lilo Bäsen u Schufle. Mitts i der Putzerei fahrt d Aline zueche. Aha, d Hünd u d Chatze, meint si sachverständig. We die das einisch erlickt heige ... Ihri zwee heige's numen einisch probiert, dene heig si mit em Chlopfer zeigt wodüre, die rüeri kei Sack meh aa.

«Hättisch der Chlopfer gschyder für dy Sürmel bruucht», dänkt d Lilo bissig, bringt aber ömel halbwägs es Lächle zstand.

Öb si kei Poubelle heig?

Was wott itz die mit ere Poubelle? D Lilo luegt allwäg nid grad am intelligäntischte dry, d Frou Kermeul widerholt ihri Frag, chly lüter, chly dütlecher.

D Lilo chunnt nid nache, aber die wird wohl wüsse, vo

was si redt. D Aline winkt ab, wo si re ihres Schüsseli zeigt. Nenei, e grossi. I der Wärchstatt heig's doch e Poubelle, da müesst si sech itz wüescht trumpiere.
Si mues nid lang sueche. E grosse, grüene Plasticchübel schleipft si use, mit eme Dechel.
Der Lilo wird's heiss u chalt. E Ghüderchübel. Poubelle heisst also Ghüderchübel. Si het em Harald Eduard Sigmund von Braunfels d Suppe imene Gschiirli für Tischabfäll vorgsetzt. Gloub der Gugger, dä heig ds Lache nid chönne verha. E Ghüderchübel, e settigi Blamage! U keis Wort, nid emal en Aadütig, Gentleman vo Chopf bis Fuess. Der Rolf würd sech kabuttlache u di Gschicht vo Gänf bis a Bodesee verbreite. Er wird se nid erfahre.
D Aline stellt das grüene Ungetüm näbe d Hustüre, so, dermit syg das Problem glöst. We's nume mit allne Problem so ring gieng!
Si mües uf Cannes, öppis ga reiche für ihre Maa. Öb d Lilo wöll mitcho? D Lilo wott.
Wenn si eleini syg, gang si gäng uf d Outobahn, es syg doch no feiechly e Strecki, aber mit der Madame Guenthère fahr si gärn der Küschte nah, u z zwöit syg's ja churzwylig.
Nöie schier isch das churzwylig. D Aline waschlet wi nes Buech, es isch sagehaft, was si alls i ihrem Chopf het. Wäm weles Huus ghört u werum, wär mit wäm liiert isch u wi lang scho, wär mit wäm verfindet isch u d Gründ bis i ds dritte u vierte Glid zrugg, wär wo wivil z säge het. Di Villa i däm Palmewäldli wär z

verchoufe, für vier Millione. Der Bsitzer het sech ds Läbe gno, zvil Gäld u zweni z tüe. Vier Millione, e stolze Prys. E gwöhnleche Stärbleche cha sech dä Sitz nid leischte. Aha, si meint natürlech Francs. Immerhin, gäng no ne rundi Million i Schwyzerwährig. Jä nu, d Lilo het ou kei Million Schwyzerfranke. Si bruucht ou keini. Si chönnt ja yzie ine Villa, we si wett.
Der Aline ihre Singsang plätscheret a Lilos Ohre verby. Es stört nid bim Dänke. Komisch, wi sech di verchnüpplete Fäde uf ds Mal aafö löse. D Mueter het albe gseit, wenn eini nid gnue Geduld heig, für nes verhürschets Fadechörbli ufzruume, de sött si nid hürate. Vilicht gar nid so dumm. Vilicht chunnt's würklech houptsächlech uf das use: Geduld ha, chönne warte, de chunnt langsam Ornig i ds Gnuusch. Mindischtens ei Fade namens Harry Braunfels cha si itz ohni Schwirigkeite erchenne. Er chunnt vo usse, schlüüft i di Wirrlete yne, macht paar Bögen u Schlinge u geit itz wider syni eigete Wääge. En andere Fade namens Rolf isch schwiriger z verfolge. Ufe, abe, hin u här, füre u zrugg, u Chnöpf u Chnüpple im Überfluss. Si het vilicht z hert u z ungeduldig dranne zoge, drum het sech alls so fescht verlyret. Am Änd mues me gar nid jede Chnüppel löse?
Corniche d'Or. En unwahrschynlech schöni Landschaft. Di kurverychi Strass ziet sech de Felse nah, linggs strecke sech roti Broffle em dunkelblaue Himel zue, spärlech überwachse mit verchrüpplete Pinie u niderem Gstrüpp. Rächts steinigi Uslöifer, grossi

Möcke, rot und orange, gspalte, verrisse. U ds Meer vore Blööji, wo me sech nid chönnt vorstelle, we me se nid vor Ouge hätt. E wildi Küschte, nüt gschliffe, nüt ufgruumt, ursprünglechi, unverdorbeni Schönheit. Es mues nid alls gschläcket u gstriglet sy. Weni Dörfer, wyt usenand. Hie wär's ou schön z wohne, d Monique wett da sicher wider es Halbdotze Hüser. D Lilo nid, si ghört nid hiehäre, si isch nume da i de Ferie.

Z Cannes blüeie d Stüfmüeterli u d Vergissmeinnicht i de Bandeli uf em breite Boulevard. D Sunne schynt, aber es ziet und isch früsch. Der Lilo isch es glych, si het sech warm aagleit. Si lat d Frou Kermeul ihrne Kommissione nachespringe, si ma nid i ds Gstungg, blybt lieber hie u luegt uf ds glänzige Meer use. Hinder ihrem Rügge ghört si Outo um Outo verbychutte, vor ihre isch Liecht, Wyti, Freiheit. Si geit hei, itz weis si's. Es wird sech nid vil ändere deheim, der Rolf ömel nid, är scho gar nid. Aber chly anders wird's glych sy. Si sälber het sech gänderet oder isch wenigschtens dranne. En Aafang wär gmacht.

Wer sein Glück nicht in sich selbst finden kann, wird es unnötigerweise anderswo suchen. Si gloubt, si heig's gfunde. Si weis nid, wohär di rüejigi Zueversicht plötzlech chunnt, aber das isch ou nid wichtig. Si gseht heiter, das zellt. U we di nagelnöji Sicherheit e Tüüschig isch, e momentani Euphorie? U wenn alls im alte isch, sobald si heichunnt? Das isch müglech, aber we si wyterhin hie unde gruppet und em liebe Gott der Tag abstilt, findet si's sicher nid use. Ab em Heifahre

fragt d Aline, öb si wider einisch zäme z Märit wölle? Si möcht eigetlech nüt meh abmache, si gang churzum wider hei. Aber cho adie säge chömm si uf all Fäll de scho no.
Nach eme churze, forschende Blick nickt d Aline verständnisvoll. Allzulang dörf me d Manne nid sich sälber überlaa, süsch chömi si uf dummi Gedanke.

Der Entschluss isch ändgültig, aber über ds Chnöi bräche wott's d Lilo glych nid. So vo eim Ougeblick uf en ander alls la gheien u dervohüenere, das macht si dasmal nid.
Es isch ou nid nötig, kei Grund, Hals über Chopf dervozspringe. Si het doch chly Würze gmacht i dene paar Wuche, u die wott si zersch i aller Rue löse.
Dä wunderschön Aabe ma si nid i der Wonig vertschöiderle, en usgibige Spaziergang dür ds Felsewägli hindere macht si no einisch. No einisch. Hoffetlech no mängisch. Speter, we si de albe wider härechunnt. I d Ferie.
Der Hund jogglet zfride mit. Aarüere lies er sech gäng no nid, da müesst sin ihm no lang chüderle, aber er het scho rächt zahmet.
Un itz fuerisch ne u gwanisch ne a di? Was wosch de mit ihm, we de heigeisch?
Äbe ja, was wott si itz mit ihm? Mitnäh cha si ne nid, dä chäm nie i ds Outo. U a di Kumedi am Zoll ma si gar nid dänke. Passt eigetlech zu allem andere, di Sach mit em Hund. Einisch meh het si sech e Verantwortig

ufglade, wo si gar nid hätt müesse, wo ou niemer wölle het, dass si's macht. Und itz het si der Dräck. Respektive der Hund het ne. Kei gfüllti Schüssle meh, mues ds Fueter wider irgendwo zämegounere. Si chönnt der Tübeler frage, vilicht übernähm dä di Pflicht. Scho chly dick, eme praktisch wildfrömde Mönsch e verwahrloste Hund aazhänke, u de no es settigs Grageel. Der Herr Braunfels? Oder sy Nadine? Geniali Idee, die würd ihm Strychnin gä. Ja ja, liebi Frou Günther, du bisch leider scho chly ne dummi Gans. Vorhär dänke wär allimal gschyder als hindedry jammere.
Der Herr Braunfels wartet a der Stäge vore, wi gäng. Grad erzwängt hätt itz di Begägnig o nid müesse sy, aber hindertsi druus cha si nid. Gsäch blöd uus.
Allem aa isch es nume ihre pynlech, ihm merkt me nüt aa. Er isch genau wi süsch, fründtlech, witzig, charmant. Nid grad es Kumplimänt, win er dä Chorb dännegsteckt het. Bis doch froh, du Babe! Geschter het der ds Härz wölle blüete, wül er di duuret het, hüt bisch betupft, wül's nüt z bemitleide git. Dobe vor der Villa seit sin ihm's, bevor er cha vo Gaffeetrinke rede. Si möcht sech verabschide, si göng hei.
Er nimmt ihri Hand. Der Hund ruuret. «Auch du wirst dich damit abfinden müssen», seit der Herr Braunfels zu däm schäbige Tier. «Da stehn wir nun, wir zwei.»
Der Harald Eduard Sigmund von Braunfels verabschidet sech mit eme fyrleche Handkuss, u nächär geit er i ds Huus, ohni no einisch umezluege.

Es tuet itz glych no bal weh. Si isch sech nid gröjig, das scho nid, aber es isch so ändgültig.
«Du bisch dumm, wehlydig u sentimental», balget si ab em Abeloufe. «Alls Theater, alls nume Theater.»
E gueten Abgang het er sech wölle verschaffe, u das isch ihm voll u ganz glunge. Strich drunder.

«So, Hund, dys Schlaraffeläbe geit em Änd zue. Das isch di erschti vo dyne Hänkersmahlzyte.»
Er bsinnt sech nid lang, macht sech über d Schüssle här u schlaberet u sürflet, dass es sprützt. D Lilo steit näbezueche u gspürt schier sälber, wi's ihm wohltuet. Er ruumt radikal uuf, ds hinderschte Brösmeli schläkket er zäme. Nächär luegt er d Lilo aa, so läng u töif, wi wenn er alls wüsst. Ohni Vorwarnig, wi meischtens, isch er furt. Chabis, weis dä alls. Er isch es uvernünftigs Tier u nimmt ds Läbe, win es chunnt. Ei Tag nach em andere. Uvernünftig? Item. Si isch kei Hund, u de isch es ou nüt dernäbe, we si sech paar Gedanke macht. Si geit uf d Terrasse. Wi das hie gäng rüejig isch. Nid eigetlech still, ds Meer ghört me bis da ufe, der Luft chräschlet i de Stude, Tube rugge. Alls Grüüsch, wo me nid als Lärme wahrnimmt, es isch meh en Art Underlag, wo Rue u Fride druff chöi löie. Jede frömd Ton sticht use. Änet em Strässli räblet's u chäderet's, Tübelers hei wider Chilbi. Am Hoger vis-à-vis suuret albeneinisch e Motorsaagi, mängisch brummlet es Outo. Es isch nid dä glychmässig Teppich vo Vercheerslärme, wo si vo deheime gwanet isch, me

ghört jedes Fahrzüüg einzeln. Dä schön Aabe. D Sunne isch scho wyt nide, Näbelstreife stygen uuf am Bärg äne. D Lilo probiert, mit wache Sinne alls i sech ufznäh. Öb si no einisch so cha stah und abeluege uf d Bucht?
Trainiert ächt eine für nes Renne uf der Strass nide? Es rugget ja i jeder Kurve. Spinner. Itz schrysst er e Stop, es gyxet u chrisaschtet. Me dörft nume mit vierzg fahre, aber si isch wääger di einzigi, wo sech ungfähr dra haltet. Di meischte Tafele stö da nume als Dekoration desume. Der Rolf fahrt ou gäng vil z schnäll, si het scho mängisch mit ihm gstucket derwäge. Unzähligi Stunde isch si wach gläge, het uf ne gwartet und Angscht gha. Er lachet nume, sorglos, liechtsinnig. Het no nie en Unfall gmacht, het no nie e Buess verwütscht, chunnt chuum einisch i ne Kontrolle. Puurluters Schwein. Jeden andere hätte si lengschte kassiert un ihm ds Biliee abgno.
Het ächt d Monique di Grüess gseit? Bestimmt het si, no der glych Aabe. Die lat nüt aabrännte. Mit ere Handvoll unverbindleche Grüess het si's sicher o nid la bewände, da müesst si se de schlächt kenne. Im Verbygang chly underefüüre, das isch ihri Spezialität. Di Monique mit ihrne Wysheite.
– Du muesch dir sälber öppis gönne, de chasch ou anderne gä.
– I ha gäng sälber gluegt, dass i zu myr Sach chume, drum mues i ou über niemer verruckt sy.
D Lilo geit yne, es wird z grächtem chalt. Morn wott si

no d Wonig putze, früsches Gas reiche u der Aline ga adie säge. U de isch kei Grund meh, für's no lenger usezstüdele. Übermorn also. Früech uuf u vorhär no z Märit, de cha si e Buschele Rose heinäh. Französischi Rose. Spöttle du nume, Monique.
Die het schön grinset, wo sech d Lilo z St. Tropez einisch meh verwunderet het, wi tifig di Märitlüt chönni rächne. «Du bisch würklech nid ganz vo dere Wält. Die wärde itz das im Chopf usrächne! Die müesse nume di richtige Taschte drücke, hesch no nid gmerkt, dass die alli elektronischi Waage hei?» Scho chly pynlech, ihre Chindergloube. Halb het sech d Lilo gschiniert, halb het si sälber müesse lache.
«So, hinecht mache mer is no einisch e fridleche Aabe», seit si. Vilicht isch es der letscht, wär weis. Si macht Holz zwäg u füüret aa. Dernah geit si i d Chuchi u nimmt d Räschte vo geschter füre. Chly nätt aarichte, appetitlech garniere un es Glas Wy derzue, de hei mer's wi der Herrgott z Frankrych. Si wärchet, pfyfferlet vor sech häre u schiesst regelrächt zäme, wo's chlopfet. Was chunnt itz da no für ne Stürmi, si isch nid ufgleit für Visite. Ulydig tuet si d Türen e Spalt uuf u luegt use. Si gloubt's nid. Si gloubt's eifach nid. Da steit er, vertschuppet, verdräcket, d Achsle lat er hange, di blauen Ouge luege usicher, irgendwie verstöberet. Si bringt kei Ton use. Bi ihm geit's ou e Zytlang, bis öppis chunnt. «I ha dert niden e grosse, gälbe Hund überfahre. I bi nid tschuld, er isch mer i ds Outo grennt, fasch vo vore, wi wenn er uf mi los wett.»

Es halbs Lächle, verläge, hilflos. Nüt säge, uf d Zähn bysse, schlücke. Er weis ja nüt, er het kei Ahnig, er cha nüt derfür. Di verdammti Raserei. D Wort cha si zrugghalte, aber ihri Ouge fö aa schwümme, zwo Träne löse sech u loufe der Nase nah z dürab.
Sys Gsicht isch es offes Buech. Was het si itz wider? Was han i scho wider lätz gmacht? Söll doch der Tüüfel nachecho mit dene Wyber. Ändtlech macht er ratlosi Bewegig mit de Händ. «I bi allwäg chly ne Lööl», meint er resigniert.
«I weis es», seit d Lilo u tuet d Türe uuf.

Gartetööri offe – Gartetööri zue
Mundarterzählung

Ein Bauernhof im Berner Seeland, den Vater und Mutter zusammen mit den Grosseltern und einem Onkel bewirtschaften, bildet den häuslichen Rahmen, aus dem die vierjährige Judith Schritt für Schritt den Vorstoss in die mit Verboten belegte, aber einer unheimlichen Anziehung gepaarten Erwachsenenwelt vollzieht. Gartenarbeit, das mit vollendeter Hingabe kultivierte Säen, Tränken und Wachsensehen der ersten eigenen Sonnenblume, das Mitwirken beim Einbringen der Ernte, intensiv erlebte Weihnachtstage und das erneute Erwachen der Natur, sie stecken die Fixpunkte im reigenhaften Zeitverlauf. Judiths Wanderung in die Welt hinter dem Gartentor, dem Erwachsenendasein, erfährt dabei eine unersetzbare Stärkung, Aufmunterung, ja Richtungsweisung in der Person des Grossvaters. *Neue Zürcher Nachrichten*

Innen lebt der Ahornbaum
Kinderbuch für das Erstlesealter

Eine Fülle unbekannter Eindrücke sind von Simi, dem Kindergärteler, zu bewältigen. Eher verträumt und scheu wie er ist, macht ihm die durch einen Umzug veränderte Lebenssituation besondere Schwierigkeiten. Doch schon bald spürt er, wie freundlich die fremde Umgebung ihm entgegenkommt. Er lernt neue Freiheiten kennen, schliesst Freundschaften und taut mit dem Eintritt in die Schule so richtig auf.
Christine Kohler hat den Aspekt der Freundschaft besonders hervorgehoben. Es geht ihr dabei nicht um unzählige Irgend-Freundschaften, sondern um Wesentliches, um echte, fördernde Bindungen. So gewinnt Simon zum Beispiel die kranke Grosstante lieb, den gesprächsarmen Aussenseiter Kobi und nicht zuletzt den alten Ahornbaum im Garten. Das ganz an der Realität orientierte Buch ist sehr liebevoll geschrieben und atmet einen so feinen Zauber, dass es auch Erwachsene begeistern wird. *Der Bund*